예언자

세계교양전집 23

예언자

칼릴 지브란 지음

김용준 옮김

올리버

칼릴 지브란Kahlil Gibran

• 차례 •

1

배가 오다

알무스타파, 신에게 선택받은 자이자 사랑받는 자인 그는 오르펠리스에서 열두 해 동안 자기가 태어난 섬으로 데려다줄 배를 기다렸다.

마침내 열두 번째 해였다. 수확의 달인 이엘룰의 일곱 번째 날, 그는 성 밖 언덕에 올라가 바다를 바라보았고 자욱한 안개 속에서 배가 오는 것을 보았다.

그러자 마음의 문이 활짝 열리고 기쁨이 바다 위 저 멀리까지 날아올랐다. 그는 지그시 눈을 감고 영혼이 침묵하는 가운데 기도했다.

그러나 언덕을 내려오니 슬픔이 밀려왔고, 그는 마음속으로 생각했다.

내가 어떻게 슬프지 않고 평안히 갈 수 있단 말인가?

아니, 영혼에 상처를 입지 않고는 이 도시를 떠나지 못할 것이다.

이 성안에서 보낸 고통의 날은 길었고 외로움의 밤도 길었지만, 어떻게 고통과 외로움에서 후회 없이 떠날 수 있겠는가?

이 거리에 흩뿌린 영혼의 파편이 너무나 많고 이 언덕 사이를 벌거벗고 다니던 내 그리움이 남긴 자식들이 이다지도 많은데, 어찌 슬픔과 아픔 없이 떠날 수 있겠는가?

오늘 내가 벗어던지는 것은 옷이 아니라 내 손으로 찢어내는 나의 살갗이다. 내가 남겨두고 가는 것은 나의 생각이 아니라 허기와 갈증으로 유연해진 나의 가슴이다.

그러나 더 이상 지체할 수 없다.

바다가 자기 품으로 오라고 내게 손짓한다. 이제 나는 배에 올라야 한다.

머무른다는 것은 밤새도록 불타오르지만 얼어붙고 굳어버려서 틀에 갇히는 것이다.

여기 있는 모든 것을 다 가져가고 싶지만, 어떻게 그럴 수 있겠는가?

목소리는 자기에게 날개를 달아준 혀와 입술까지 가지고 갈 수 없다. 홀로 창공을 날아야 한다. 독수리가 둥지를 버리고 홀로 태양을 향해 날아가야 하듯이.

언덕 기슭에 이르렀을 때, 그는 다시 바다를 향해 돌아섰고 배가 항구로 다가오는 것을 보았다. 뱃머리에는 고향 사람인 선원들이 서 있었다.

그러자 그의 영혼이 선원들에게 소리쳤다.
"내 옛 어머니의 아들들이여, 파도를 타고 온 자들이여!
그대들은 꿈속에서 얼마나 많이 항해했던가? 그대들은 내가 깨어 있을 때 왔으나, 이것이 나의 더 깊은 꿈이다.
이제 나는 갈 준비가 되었고 나의 열정은 돛을 활짝 편 채 바람을 기다리고 있다.
이 고요한 공기 속에서 한 번만 더 숨을 쉬고, 또 한 번만 더 사랑스러운 눈길로 뒤를 돌아보고 나서,
나는 뱃사람 중 한 명으로 그대들과 함께 서 있을 것이다.
그리고 그대, 강과 시냇물에 평화와 자유를 주는 광활한 바다여, 잠들지 않는 어머니여.
이 시냇물이 한 번 더 굽이치며 이 숲에 한 번 더 속삭이면 나는 무한한 물방울이 되어 끝없는 바다로 그대에게로 가리라."

그가 걸어가자, 저 멀리서 한 무리의 남자와 여자가 들판과 포

도밭을 떠나 성문을 향해 서둘러 가는 모습이 보였다.

그들의 목소리가 그의 이름을 불렀고, 들판 여기저기에서 그의 배가 온다고 외치는 소리가 들렸다.

그는 자신에게 말했다.

헤어짐의 날이 만남의 날이 되겠는가?

그리고 나의 밤이 사실은 나의 새벽이었다고 말할 수 있을까?

쟁기를 밭고랑에 버린 자들에게, 포도주 짜는 수레바퀴를 멈춘 자들에게 내가 무엇을 줄 것인가? 내 가슴이 열매가 주렁주렁 달린 나무가 되어 그들에게 열매를 나눠 줄 수 있을까?

내 열정의 샘물이 넘쳐 그들의 잔을 채울 수 있을까?

나는 전능한 분의 손길이 닿을 하프인가, 아니면 그분의 숨결이 통과하는 피리인가?

나는 침묵의 추구자. 침묵 속에서 어떤 보물을 발견해야만 자신 있게 말할 수 있을까?

오늘이 내 수확의 날이라면 나는 어떤 들판에, 어떤 기억되지 않는 계절에 씨를 뿌려야 하는가?

지금이 진정으로 내가 등불을 들어올릴 시간이라면 그 속에서 타오르는 불꽃은 내 불꽃이 아니다.

나는 텅 빈 어둠 속에서 등불을 들고 있을 뿐, 기름을 채우고 불을 밝히는 것은 밤의 수호자이리라.

그는 이렇게 속으로 되뇌었지만, 미처 하지 못한 말이 너무나 많았다.

아직 가슴속 깊은 비밀을 말하지 못했기 때문이다.

그가 성안에 들어가자 모든 이들이 그를 찾아와서 한목소리로 외쳤다.

그중 원로들이 나서서 말했다.

"아직은 우리를 떠나지 마십시오.

당신은 우리의 황혼 속 한낮의 빛이었고, 당신의 젊음은 우리를 꿈꾸게 하였습니다.

당신은 우리 가운데 이방인이나 손님이 아니라, 우리의 아들이자 우리가 사랑하는 사람입니다.

그러니 아직은 우리의 눈이 당신의 모습을 그리워하지 않게 해주십시오."

성직자들과 여사제들도 이구동성으로 말했다.

"지금 바다의 파도가 우리를 갈라놓지 못하게 하시고, 당신이 우리 가운데서 보낸 수년간의 시간을 기억으로만 남게 하지 마십시오.

당신은 영혼으로 우리 가운데 계셨고 당신의 그림자는 우리 얼굴을 비추는 빛이었습니다.

우리는 당신을 몹시 사랑했습니다. 하지만 사랑을 소리 높여 말하지 않았고, 드러내지도 않았습니다.

그러나 이제 우리는 당신에 대한 사랑을 큰 소리로 외치고 드러내려고 합니다.

무릇 사랑은 헤어지는 순간까지 그 깊이를 알지 못하는 법입니다."

다른 이들도 와서 간청했다. 그러나 그는 그들에게 대답하지 않았다. 다만 고개를 숙였고, 가까이 서 있던 사람들은 그의 눈물이 가슴 위에 떨어지는 것을 보았다.

그리고 그와 사람들은 성전 앞 큰 광장을 향해 걸어갔다.

그때 신전에서 한 여인이 앞으로 다가왔다. 알미트라라는 이름의 예언자였다.

그는 다정한 눈길로 그녀를 바라보았다. 그가 이 성읍에 온 지 하루밖에 되지 않았을 때, 그에게 가장 먼저 다가와 믿음을 준 이가 바로 그녀였기 때문이다.

알미트라는 크게 기뻐하며 이렇게 말했다.

"신의 예언자여, 당신은 당신의 배를 찾기 위해 오랫동안 먼 곳을 찾아다녔습니다.

이제 배가 왔으니 당신은 떠나야 하겠지요.

당신의 기억 속 땅과 더 큰 소망이 숨 쉬는 곳에 대한 갈망이 너무나도 깊으니, 우리가 사랑한다고 해서 당신을 붙들 수 없고 우리가 필요하다고 해서 당신을 잡을 수도 없습니다.

그러나 우리를 떠나기 전에 간청하오니, 당신의 진리를 우리에게 전해 주시기를 바랍니다.

우리는 그것을 우리 아이들에게, 그리고 우리 아이들은 자기 아이들에게 전할 것이며, 당신의 말씀은 사라지지 않을 것입니다.

당신은 홀로 우리의 낮을 지켜 주었고, 깨어 있으시면서 우리 잠 속에서 우는 소리와 웃는 소리에 귀 기울였습니다.

그러니 이제 우리를 우리 자신에게 보여주시고 탄생과 죽음 사이에 있는 것에 대해 당신이 알아낸 바를 알려주십시오."

그러자 그가 대답했다.

"오르팰리스인이여, 그대들의 영혼 안에서 지금도 살아 움직이고 있는 것 외에 내가 무슨 말을 더 할 수 있겠는가?"

2

사랑에 관하여

그러자 알미트라가 말했다. "우리에게 사랑에 대해 말씀해 주십시오."

그가 고개 들어 사람들을 바라보자, 정적이 흘렀다. 잠시 후 그는 큰 소리로 말했다.

사랑이 그대들에게 손짓하면 그를 따르라.

비록 사랑의 길이 험하고 가파르다 할지라도.

사랑의 날개가 그대들을 감싸면 그에게 몸을 맡겨라.

비록 깃털 사이에 숨겨진 칼이 그대들을 다치게 할지라도.

사랑이 그대들에게 말할 때 그의 말을 믿어라.

비록 그의 목소리가 북풍이 정원을 불모지로 만들듯 그대들의 꿈을 산산조각 낼지라도.

사랑은 그대들에게 월계관을 씌워 주지만, 그대들을 십자가에 못 박을 수도 있다.
사랑은 그대들의 성장을 위해 존재하지만, 그대들의 불필요한 부분을 잘라내기 위해서도 존재한다.
사랑은 그대들의 가장 높은 곳에서 떨고 있는 가장 연약한 가지를 어루만져 주지만, 그대들의 뿌리까지 내려가 땅속에 붙은 그것을 흔들어 놓기도 한다.

사랑은 곡식 단처럼 그대들을 모으고,
그대들을 타작하여 알몸으로 만들 것이다.
사랑은 그대들에게서 껍질을 떼어내기 위해
그대들을 체로 치고 흰 가루로 갈아 줄 것이다.
사랑은 그대들을 반죽하여 부드러워지게 한 다음,
그대들을 자신의 성스러운 불에 올리어 거룩한 신의 향연을 위한 성스러운 빵이 되도록 할 것이다.

사랑은 이 모든 일로써 그대들이 마음의 비밀을 깨닫게 하고 그 깨달음으로 생명의 마음속 일부가 되도록 할 것이다.
그러나 그대들이 두려움 속에서 사랑의 평화와 사랑의 즐거

움만 추구할 바에는 차라리 벌거벗은 몸을 가리고 사랑의 마당
에서 나가는 편이 나으리라.

웃어도 진정으로 웃을 수 없고 울어도 진정으로 울 수 없는,
눈물이 없고 계절도 없는 그런 세상으로.

사랑은 자기 자신 외에는 아무것도 주지 않고 자기 자신 외에
는 아무것도 받지 않는다.

사랑은 소유하지도 않고 소유되지도 않는다.

사랑은 그 자체로 충분하기 때문이다.

사랑할 때 "신이 내 마음속에 있다"라고 말하지 말고,

"내가 신의 마음속에 있다"라고 말하라.

그리고 그대들이 사랑의 길을 지시할 수 있다고 생각하지 말라.

사랑은 그대들이 가치 있다고 생각될 때 그대들의 길을 지시
하기 때문이다.

사랑은 스스로 성취하는 것 외에는 다른 바람이 없다.

그러나 그대들이 사랑하면서도 바람을 품겠다면,

이러한 것들이 그대들의 바람이 되도록 하라.

녹아서 밤에 노래하며 흐르는 시냇물처럼 되기를,

지나친 부드러움의 고통을 알게 되기를,

그대들이 사랑을 앓으로 인해 상처받게 되기를,

그리하여 흔쾌히 그리고 기쁨에 차서 피 흘리도록 하라.

날개 달린 마음으로 새벽을 깨우고 또 다른 사랑의 하루를 위해 감사하라.

한낮이 되면 휴식을 취하며 사랑의 황홀경을 묵상하라.

저녁이 되면 감사하는 마음으로 집으로 돌아가라.

그런 다음 사랑하는 사람을 위한 기도를 마음속에 품고 그대들의 입술로 찬미의 노래를 부르며 잠들도록 하라.

3

결혼에 관하여

알미트라가 다시 말했다. "그러면 결혼이란 무엇입니까?"
그는 대답했다.

그대들은 함께 태어났으니 영원히 함께 할 것이다.
죽음의 흰 날개가 그대들의 날을 흩뜨릴 때까지 함께 할 것이다.
그렇다. 그대들은 신의 조용한 기억 속에서도 함께 할 것이다.

그러나 그대들은 함께 있되, 거리를 두어라.
하늘의 바람이 그대들 사이에서 춤출 수 있도록.
서로 사랑하되, 구속하지 말라.
그보다는 그대들 영혼의 기슭 사이에 바다가 일렁이게 하라.

서로의 잔을 채우되, 한쪽 잔만 마시지 말라.

서로에게 빵을 주되, 한쪽 빵만 먹지 말라.

함께 노래하고 춤추며 즐거워하되, 따로 있으라.

마치 현악기의 줄들이 하나의 선율을 만드나 따로 존재하는 것처럼.

서로의 마음을 주되, 가지려고 하지 말라.

오직 생명의 손만이 그대들의 가슴을 간직할 수 있으니.

그리고 함께 서 있되, 너무 가까이 있지 말라.

성전의 기둥은 서로 떨어져 있고, 참나무와 삼나무도 서로의 그늘에서는 자랄 수 없는 법이니.

4

아이들에 관하여

이번에는 아기를 품에 안고 있는 한 여인이 말했다. "아이들에 대해서도 말씀해 주십시오."

그러자 그가 말했다.

그대의 아이들은 그대의 자녀가 아니다.

아이들은 스스로 갈망하는 한 생명의 아들과 딸이다.

그대를 통해 왔지만 그대가 만든 것이 아니다.

그대와 함께 있지만 그대의 소유가 아니다.

그대는 아이들에게 사랑을 줄 수 있지만 생각을 줄 수는 없다.

아이들은 자신만의 생각을 가지기 때문이다.

그대는 아이들에게 육신의 집을 줄 수 있지만 영혼의 집을 줄
수는 없다.

아이들의 영혼은 절대 찾아갈 수 없고 꿈속에서도 갈 수 없는
내일의 집에 거하기 때문이다.

그대는 아이들처럼 되려고 노력할 수는 있지만 아이들을 그대
와 같이 만들려고 하지 말라.

인생은 뒤로 가는 법이 없고 어제에 머무르지도 않기 때문이다.

그대는 활이고 아이들은 살아 있는 화살이며, 그대를 통해 아
이들은 앞으로 나아간다.

궁수이신 그분은 무한한 길의 흔적을 보고, 화살이 빠르고 멀
리 갈 수 있도록 온 힘을 다해 그대를 구부린다.

궁수의 손에서 그대가 구부러짐을 기뻐하라.

궁수는 날아가는 화살을 사랑하듯, 흔들리지 않고 견고한 활
도 사랑하시기 때문이다.

5

베푸는 것에 관하여

이번에는 한 부자가 말했다. "베푸는 것에 대해 알려 주십시오."
그러자 그가 대답했다.

그대가 가진 것을 베푸는 것은 베풀지 않는 것과 다르지 않다.
그대가 진정으로 베푸는 방법은 그대 자신을 베푸는 것이다.
그대가 가진 것은 무엇인가? 내일 필요할지도 모른다는 두려
움 때문에 간직하고 지키는 것이 아닌가?
내일은 어떤가? 성스러운 성읍으로 순례자들을 따라가지만
흔적 없는 모래 속에 뼈를 파묻는, 지나치게 신중한 개에게 내일
이 의미가 있겠는가?
그리고 필요에 대한 두려움이란 무엇인가? 필요 그 자체가 두

려움이 아닌가?

그대의 우물이 가득 찼는데도 갈증이 두렵다면 그 갈증은 영원히 채워지지 않으리라.

가진 것이 많으나 일부만 베푸는 자들이 있다.

그들은 인정받기 위해 베푼다. 그들의 베풂은 숨겨진 욕망으로 인해 가치를 잃게 된다.

그러나 가진 것이 적지만 가진 것을 전부 주는 이들이 있다.

그들은 삶과 삶의 풍요를 믿는 자들이며, 그들의 곳간은 결코 비어 있는 법이 없다.

그리고 기쁨으로 베푸는 이들이 있으니, 그 기쁨은 그들의 보상이다.

또 고통으로 베푸는 이들이 있으니, 그 고통은 그들의 시련이다.

하지만 베풀면서도 고통을 모르고 기쁨을 추구하지도 않으며, 덕을 행한다는 생각조차 하지 않고 베푸는 이들이 있다.

그들은 저 골짜기에서 소나무의 향기를 우주로 뿜어내듯 베푼다.

신은 이런 사람들의 손을 통해 말하고, 그들의 눈을 통해 대지를 향해 미소 짓는다.

남이 요청할 때 주는 것도 좋지만, 그 전에 미리 알고 주는 것
이 더 좋다.

열린 마음으로 도움받을 사람을 찾는 것은 주는 것보다 더 큰
기쁨이다.

그런데 그대가 아낄 것이 무엇인가?

그대가 가진 것은 언젠가 모두 내주어야 하는 것임을 잊지 말라.

그러니 지금 베풀라. 베푸는 자가 그대의 상속자가 아닌 그대
가 되도록 하라.

그대는 이런 말을 자주 한다.

"나는 주되, 받을 자격이 있는 자에게만 줄 것이다."

그러나 과수원의 나무나 초원의 양 떼는 절대 그렇게 말하는
법이 없다.

그것들은 자신이 살기 위해 주는 것이니, 붙들고 있음은 소멸
을 의미하기 때문이다.

분명히 그의 낮과 밤을 받기에 합당한 자는 그대에게서 다른
모든 것을 받을 자격 또한 있다.

그러니 생명의 바다에서 물을 마실 자격이 있는 사람이라면
그대의 작은 시냇물에서도 잔을 채울 자격이 있다.

용기와 자신감, 아니 베풂을 받을 너그러움 외에 어떤 더 큰

자격이 필요하겠는가?

그러나 그대는 누군가의 가슴을 찢으면서, 그가 자신의 가치를 발가벗기고 자존심을 드러내는 것을 구경만 하고 있지 않은가?

먼저, 자신이 베푸는 사람이 되고 그럴 만한 자격이 있는지를 스스로에게 물어보라.

사실 생명을 불어넣은 것은 생명 그 자체일 뿐, 자신이 생명을 주었다고 생각하나 그대는 증인에 불과하다.

그리고 받는 이들이여, 그대들은 받는 사람들이지만 감사에 대한 부담을 지려 하지 말라. 이는 자신과 주는 이에게 멍에가 되지 않도록 하기 위함이다.

그보다는 날개를 단 것처럼 주는 사람과 함께 날아올라라.

자신의 빚을 지나치게 마음에 두는 것은 자유로운 대지를 어머니로 삼고 신을 아버지로 삼는 베푼 자의 관대함을 의심하는 것이니.

6

먹고 마시는 것에 관하여

여관 주인인 한 노인이 말했다. "먹고 마시는 것에 대해 말씀해 주십시오."

그러자 그가 말했다.

그대들이 이 땅의 향기로만 살 수 있으면,

그리고 햇빛으로만 살아갈 수 있으면 얼마나 좋겠는가.

그러나 그대들은 먹기 위해 살생을 하고 목마름을 해소하기 위해 갓 태어난 새끼의 젖을 빼앗아야 한다.

그렇다면 그 행위가 숭배의 행위가 되도록 하라.

그리고 그대들의 식탁을 제단 삼아, 숲과 초원의 순수하고 결백한 것들이 인간 안에서 더 순수하고 더 결백한 것이 되도록 하라.

짐승을 죽일 때는 마음속으로 이렇게 말하라.

"그대를 죽이는 그 힘으로 나 또한 죽임을 당하고 먹힐 것이다. 그대를 내 손에 넘겨준 자연의 법칙이 나를 더 강한 손에 넘겨줄 것이기 때문이니.

그대의 피와 나의 피는 하늘의 나무를 자라게 할 수액에 불과하다."

그리고 사과를 깨물 때는 마음속으로 이렇게 말하라.

"그대의 씨앗이 내 몸속에 살고,

내일의 네 새싹이 나의 가슴 속에서 피어나리라.

그리고 그대의 향기가 내 숨결이 되어

사계절 내내 함께 기뻐하리라."

가을이 되어 포도밭에서 포도주를 담을 포도를 수확할 때면 이렇게 속삭여라.

"나 또한 포도밭과 같아서 내 열매도 포도주 틀에 모일 것이니, 새 포도주처럼 영원의 항아리에 보관되리라."

그리고 겨울에 포도주를 따를 때 그 한잔 한잔이 마음속 노래가 되도록 하라.

그 노래 속 가을날을 기억하고 포도밭과 포도즙을 짜던 일을
잊지 말라.

7

일에 관하여

이번에는 한 농부가 말했다. "우리에게 일에 대해 말씀해 주십시오."

그러자 그가 대답했다.

그대가 일하는 것은 대지와 대지의 영혼과 보조를 맞추기 위해서다.

게으르다는 것은 계절의 이방인이 되는 것, 이는 무한을 향해 복종하며 위엄 있고 당당하게 나아가는 삶의 행렬에서 벗어나는 것이다.

일할 때 그대들은 하나의 피리가 되어,

그대들의 심장을 통해 시간의 속삭임과 함께 음악으로 변한다.

다른 모든 사람이 한목소리로 노래할 때

그대들 중 누가 벙어리처럼 침묵하는 갈대가 되고자 하겠는가?

그대들은 일이 저주이고 노동은 불행이라는 말을 자주 들어

왔다.

그러나 그대들은 일함으로써 이 땅에서 가장 깊은 꿈 일부를

실현할 수 있다. 이 꿈은 태초부터 그대들에게 주어진 것이니.

그대들은 계속 일함으로써 진정으로 삶을 사랑할 수 있다.

그리고 노동을 통해 삶을 사랑한다는 것은 삶의 가장 깊은 비

밀에 가까이 다가가는 것이다.

그러나 그대들이 고통 속에서 태어난 것을 고난이라고 부르

고 육신을 부양하는 것을 그대들의 이마에 씌워진 저주라고 부

른다면 나는 이렇게 대답할 것이다.

"그대들의 이마에 흐르는 땀 외에는 어떤 것도 저주를 씻어

낼 수 없다."

또 그대들은 삶이 어둠이라고 익히 들었으며, 힘들고 지쳤을

때면 삶에 지친 사람들이 한 말을 되풀이했다.

그러나 나는 이제 말하고 싶다.

진정한 열망이 없는 삶은 어둠이고,

아는 것이 없는 열망은 맹목이고,

일하지 않고 얻은 지식은 헛되고,

사랑 없이 하는 일은 무의미하며,

그대들이 사랑으로, 마음으로 일할 때 비로소 스스로를 감싸 안을 것이며, 타인과 더 나아가서는 신과 하나가 될 것이라고.

그렇다면 사랑을 담아 일한다는 것은 무엇인가?

그대의 가슴에서 뽑아낸 실로 천을 짜는 것이다. 마치 사랑하는 사람에게 그 옷을 입히기라도 할 것처럼.

애정을 가지고 집을 짓는 것이다. 마치 사랑하는 사람이 그 집에 살기라도 할 것처럼.

부드러움으로 씨를 뿌리고 기쁨으로 수확하는 것이다. 마치 사랑하는 사람이 그 열매를 먹기라도 할 것처럼.

그대가 만드는 모든 것에 그대 영혼의 숨결을 불어넣는 것이자,

모든 축복받은 죽은 자들이 항상 주위에서 지켜보고 있다는 것을 아는 것이다.

나는 그대가 잠결에 이렇게 말하는 것을 듣곤 한다.

"대리석을 쪼면서 자기 영혼의 형상을 찾는 자는 밭을 경작하는 자보다 더 고귀하다. 그리고 무지개를 잡아 인간의 형상을

천 위로 옮기는 자는 우리가 신는 신발을 만드는 자보다 더 고귀하다."

그러나 잠결이 아니라 깨어 있는 한낮에 말하건대, "바람은 거대한 참나무에게 만큼이나 하찮은 풀잎에게도 똑같이 감미롭게 속삭인다."

자신의 사랑으로 바람의 목소리를 더 달콤한 노래로 바꾸는 이야말로 위대한 사람이다.

일은 눈에 보이는 사랑이다.

사랑으로 일하지 못해 미움으로만 일해야 한다면 일을 그만두고 성전 문 앞에 앉아 즐겁게 일하는 사람들에게 구걸하는 편이 낫다.

무관심으로 빵을 구우면 먹을 수는 있어도 맛이 없어 사람의 배고픔을 반밖에 채우지 못한다.

또한 포도를 뭉개는 일을 싫어한다면 그 불만이 포도주에 독을 뿜으리라.

그대가 천사처럼 노래하더라도 노래하는 것을 사랑하지 않으면 낮의 소리와 밤의 소리를 듣지 못하게 될 것이다.

8

기쁨과 슬픔에 관하여

한 여인이 말했다. "기쁨과 슬픔에 대해 말씀해 주십시오."

그러자 그가 대답했다.

그대의 기쁨은 가면을 벗은 슬픔이다.

그리고 그대의 웃음이 솟아나는 샘은 그대의 눈물로 가득 차

있다.

어찌 그렇지 않을 수 있겠는가?

그대의 존재 속에 슬픔이 더 깊이 스며들수록 그대는 더 많은

기쁨을 맛보게 된다.

그대의 포도주가 담긴 잔은 도공의 가마에서 뜨겁게 불탔던

바로 그 잔이 아닌가?

그리고 그대의 영혼을 달래주는 류트(16~17세기 유럽에서 널리 유행한 현악기-역자)는 칼로 속을 파낸 바로 그 나무가 아닌가?

그대가 기쁠 때 그대 마음을 깊이 들여다보면 그대에게 기쁨을 준 것은 오직 슬픔을 준 것뿐이라는 사실을 알게 될 것이다.

슬플 때 다시 마음속을 들여다보면 사실은 그대에게 기쁨을 주었던 것 때문에 울고 있다는 것을 알 수 있을 것이다.

누군가는 "기쁨이 슬픔보다 위대하다"고 말하고, 또 누군가는 "아니, 슬픔이 더 위대하다"고 말한다.

그러나 그대에게 말하건대, 이 둘은 떼려야 뗄 수 없는 것이다.

이 둘은 함께 오며, 하나가 그대의 식탁에 있다면 다른 하나는 그대의 침대에 잠들어 있음을 기억하라.

진정으로 그대는 슬픔과 기쁨 사이에 저울처럼 매달려 있다.

그대가 비울 때만 멈추고 균형을 잡을 수 있다.

보석상이 금과 은의 무게를 재듯 그대를 들어 올릴 때, 그대의 기쁨이나 슬픔의 눈금이 오르락내리락하는 것은 어쩔 수 없는 일이다.

9

집에 관하여

그때 한 석공이 나와서 말했다. "집에 관하여 말씀해 주십시오."
그는 이렇게 대답했다.

성안에 집을 짓기 전에 광야에 상상으로 집을 지으라.

그대가 황혼녘이면 집으로 돌아오듯, 멀리 있는 외로운 방랑
자도 결국은 돌아가게 될 것이다.

그대의 집은 그대의 더 큰 몸일 뿐.

집은 햇볕 아래서 커가고 밤의 고요함 속에서 잠들며, 또 꿈
을 꾼다. 그대의 집은 꿈을 꾸지 않는가? 꿈꾸며 성읍을 떠나 숲
과 언덕으로 가지 않는가?

내가 씨 뿌리는 자가 되어 그대들의 집을 손안에 모아 숲과 초원에 뿌릴 수 있으면 좋으련만.

골짜기가 그대들의 거리가 되고 푸른 길은 그대들의 골목이 되어 그대들이 포도밭에서 서로를 찾고 대지의 향기를 옷에 품고 올 수 있으면 좋으련만.

그러나 이런 일들은 아직 이루어지지 못한다.

그대들의 조상들은 두려움 때문에 그대들을 너무 가까이 모아 두었다. 그리고 그 두려움은 앞으로도 지속되리라. 이제 성벽이 그대들의 집을 밭에서 좀 더 떼어놓으리라.

오르팰리스인들이여, 말해보라. 그대들이 이 집에서 가진 것은 무엇인가?

그리고 문을 굳게 닫고 소중하게 지키려는 것은 무엇인가?

그대들에게 평화가 있는가? 그대들의 힘을 보여주는, 조용한 열망인 평화가.

그대들에게 기억이 있는가? 마음 꼭대기에 걸쳐 빛나는 아치에 대한 기억이.

그대들에게 아름다움이 있는가? 그대들의 정신을 나무와 돌에서부터 성스러운 산으로 이끄는 그런 아름다움이.

말해보라. 그대들의 집에도 이러한 것들이 있는가?

아니면 안락함에 대한 욕망만 있는가? 손님으로 왔다가 주인이 되고 결국 지배자가 되는 그런 은밀한 안락함만이.

그렇다. 이들은 그대들의 조련사가 되어 갈고리와 채찍으로
그대들을 더 큰 욕망의 꼭두각시로 만든다.
손은 비단 같이 부드러우나 정신은 쇠처럼 단단하다.
그대들을 잠들게 하는 이들은 침대 옆에 서서 육신의 존엄성
을 비웃는다.
그대들의 건강한 감각을 비웃고 금방 깨질 그릇인 양 엉겅퀴
밭에 던져버린다.
편안함에 대한 욕구는 진정으로 영혼의 열정을 죽이고, 웃는
얼굴로 그 장례 행렬을 따라간다.

그러나 세상의 자녀들이여, 안식하지 못하는 자들이여, 함정
에 빠지지도 말고 길들여지지도 말라.
그대들의 집은 닻이 아니라 돛대가 될 것이고,
상처를 덮는, 반짝이는 얇은 막이 아닌 눈을 보호해 주는 눈
꺼풀이 될 것이다.
문을 지나기 위해 날개를 접지 말아야 하고,
천장에 부딪히지 않기 위해 머리를 숙이지 말아야 하며,
벽이 갈라져 무너져 내릴까 봐 숨을 쉬는 것을 두려워하지 말
아야 한다.

죽은 자들이 산 자들을 위해 만든 무덤 안에 살지 말라.

아무리 웅장하고 화려한 집이라 할지라도 그대들의 비밀을 간직하지도, 열망을 지켜주지도 못하리라.

왜냐하면 그대들 안의 무한함은 하늘의 저택에 거하며, 그 문은 아침 안개이고 창문은 밤의 노래와 침묵이기 때문이다.

10

옷에 관하여

어떤 직공이 말했다. "저희에게 옷에 대해 말씀해 주십시오."
그러자 그가 대답했다.

옷은 그대들의 많은 아름다움을 가리지만, 아름답지 않은 것
을 감추지는 못한다.

그대들은 옷으로 개인의 자유를 추구하지만, 결국에는 그 안
에 속박과 사슬이 있다는 것을 깨닫게 될 것이다.

옷을 가볍게 입고 피부를 드러낸 채 햇빛과 바람을 맞이할 수
있다면 얼마나 좋겠는가?

생명의 숨결은 햇빛 안에 있고 생명의 손길은 바람 속에 있기
때문이다.

어떤 이들은 "우리가 입는 옷을 짜는 이는 북풍이다"라고 말한다.

그렇다. 북풍이 맞다.

하지만 베틀은 그의 부끄러움이요, 실은 연약해진 그의 힘줄이다.

북풍은 천 짜는 일을 끝내고 숲속에서 웃음 지었을 것이다. 겸손은 부정한 자의 눈을 가리는 방패임을 잊지 말라.

그러니 불손한 자들이 더 이상 존재하지 않을 때, 그 겸손은 마음의 족쇄이자 더러운 얼룩에 불과할 뿐이다.

잊지 말라. 대지는 기꺼이 그대들의 맨발을 느끼고 싶어 하고, 바람은 그대들의 머리카락을 가지고 놀고 싶어 한다는 것을.

11

사고파는 것에 관하여

이번에는 한 상인이 말했다. "물건을 사고파는 것에 대해 말씀해 주십시오."

그러자 그가 이렇게 일렀다.

대지가 그대들에게 열매를 흔쾌히 내놓으니, 그대들은 손에 채울 방법만 안다면 결코 부족함이 없으리라.

대지의 소산을 제대로 주고받음으로써 풍요함과 만족감을 얻을 것이다.

그러나 이 주고받음이 사랑과 관대함으로 정의롭게 이루어지지 않는다면 탐욕에 빠지거나 굶주림에 허덕이게 되리라.

바다나 들판, 포도밭에서 일하는 자들이여.

시장에서 직조공과 도공, 향신료 상인을 만나거든,

대지의 주인에게 간청하여 그대들 가운데로 와서 가치를 가늠하는 저울과 계산을 신성하게 하라.

만약 빈손으로 온 자들이 그대들의 노고를 가져가려 한다면 그대들의 거래에 참여하지 못하게 하라.

그런 자들에게는 이렇게 말하라.

"우리와 함께 밭으로 가서 땅을 일구든지, 우리 형제들과 함께 바다로 가서 그물을 던져라.

대지와 바다가 우리에게 그랬듯 그대들에게도 풍성함을 줄 것이다."

그리고 노래하는 자, 춤추는 자, 피리 부는 자를 보거든 그들의 재능도 사주어라.

그들도 열매와 향료를 모으는 이들이며, 그들이 주는 것은 비록 꿈으로 만들어졌지만 그대들 영혼의 의복과 양식이 될 것이다.

그리고 시장을 떠날 때 빈손으로 가는 자가 없는지 살펴보라.

대지를 주관하는 신은 지극히 작은 자의 필요를 다 채우기 전까지는 바람 위에서 편히 잠들지 못할 테니.

12

죄와 벌에 관하여

이번에는 성읍의 한 재판관이 나와서 말했다. "죄와 벌에 대해 말씀해 주시기 바랍니다."

그러자 그가 말했다.

그대들의 영혼이 지켜주는 이 없이 홀로 바람 속을 떠돌 때,

그대들은 다른 이에게 잘못을 저지르고 자신에게도 죄를 짓는다.

그리고 자신의 죄로 인해 축복받은 자의 문을 두드리고, 반응이 없어도 한없이 기다려야 한다.

그대들의 거룩한 자아는 마치 드넓은 바다처럼 영원히 더럽혀

지지 않는다.

그것은 마치 태양과 같아서 창공의 대기처럼 날개를 달고 날아오른다.

그것은 두더지가 다니는 길을 모르며 뱀의 굴을 찾지 않는다.

그러나 그대들 안에는 신적 자아만 있는 것이 아니다.

그 안의 많은 부분은 아직 인간에 불과하고, 또 많은 부분이 아직 인간에도 이르지 못했다.

안개 속에서 잠들어 있다가 스스로 깨어나기를 바라는 형상조차 없는 하찮은 존재일 뿐.

그러므로 나는 이제 그대들 안에 있는 인간에 대해 말하노라.

죄에 대한 벌을 아는 이는 안개 속 하찮은 존재도 아니고 그대들의 신적 자아도 아닌, 바로 그대들이니라.

나는 그대들이 잘못을 저지른 자에 대해 말하는 것을 자주 들었다. 마치 그자가 그대들과 다른 이방인이고 그대들의 세계에 침입한 자라고 말하는 것을.

그러나 그대들에게 말하노니,

아무리 거룩하고 의로운 자라도 각자의 내면에 있는 가장 고귀한 존재를 넘어설 수 없다.

아무리 악하고 연약한 자라도 각자의 내면에 있는 가장 미천

한 것보다 더 타락할 수 없다.

나뭇잎 하나도 나무의 묵인 없이는 노랗게 물들지 못하듯, 그대들의 숨겨진 의도가 없이는 죄를 범하지 못한다.

그대들은 하나의 행렬을 이루고서 자신의 신적 자아를 향해 함께 걸어가고 있는 것뿐이다.

그대들은 길 자체이면서 나그네이기도 하다.

그대들 중 누군가가 넘어진다면 이는 뒤에 오는 사람을 위해 넘어지는 것이다. 돌에 걸려 넘어지지 말라고 알리기 위함이며, 빠르게 앞서가지만 걸림돌을 제거하지 않고 가는 사람들에게 경고하기 위함이다.

이 말 또한 사실임을 명심하라. 비록 그대들의 가슴을 무겁게 누를지 모르나,

죽임을 당한 자는 자신의 죽음에 책임이 없는 것이 아니며,

도둑맞은 자 역시 자신의 탓이 없지 아니하다.

의로운 자는 악인의 행위에 대해 죄가 없지 않으며,

결백한 자 역시 흉악범이 행한 일에 대해 결코 깨끗하다고 할 수 없다.

그렇다. 때로는 죄지은 자가 피해 입은 자의 희생자이며,

나아가 죄인은 죄 없는 자와 결백한 자의 짐을 지고 가는 자

이다.

그대들은 정의로운 자와 불의한 자, 선한 자와 악한 자를 구분할 수 없다.

그들은 검은 실과 하얀 실이 함께 짜인 것처럼 태양의 면전에 함께 서 있기 때문이다.

검은 실이 끊어지면 직공은 옷감 전체를 살펴보고 베틀도 점검해야 한다.

그대들 중 누구라도 부정한 아내를 심판하고자 한다면 남편의 마음을 저울로 달아 보고 영혼도 자로 측정해 보라.

그리고 범죄자를 벌하고자 한다면 그자의 정신도 살펴보라.

또 그대들 중 누군가 정의의 이름으로 벌을 내리고 악한 나무에 도끼를 대려고 한다면 그 뿌리를 들여다보라.

분명히 선한 자와 악한 자, 열매 맺는 자와 열매 맺지 않는 자의 뿌리가 온통 대지의 고요한 심장 속에서 뒤엉켜 있는 것을 발견하게 되리라.

자! 공정하게 판단해야 하는 그대들이여.

육신은 정직하나, 영혼이 도둑인 자에게는 어떤 판결을 내릴 것인가?

육신은 살인자이나, 영혼이 죽임당한 자에게는 어떤 형벌을 내릴 것인가?

그리고 행동으로 속이고 다른 사람을 억압했지만, 그 역시 괴롭힘을 당해 격노한 자는 어떻게 심판할 것인가?

이미 자신의 잘못보다 뉘우침이 더 큰 자는 어떻게 처벌할 것인가?

뉘우침은 그대들이 따르고자 하는 바로 그 법에 의해 집행되는 정의가 아닌가?

그러나 죄 없는 자에게 뉘우침을 강요할 수 없고, 죄지은 자의 마음에서 뉘우침을 없앨 수도 없다.

어둠에서 깨어나 자신을 돌아보게 하려면 스스로 뉘우침을 불러내도록 해야 한다.

그러므로 정의를 이해하고자 하는 그대들이여, 모든 행동을 빛의 충만함 속에서 바라보지 않는다면 어찌 정의를 알 수 있겠는가?

똑바로 서 있는 자와 황혼 속에 쓰러진 자는 사소한 자아의 밤과 신적 자아의 낮 사이 한 사람에 불과하며, 사원의 돌기둥조차 그 터의 주춧돌보다 높지 않음을 알게 될 것이다.

13

법에 관하여

다음으로 한 법률가가 물었다. "우리의 법에 대해서는 어떻게 생각하십니까?"

그러자 그가 대답했다.

그대들은 법을 세우는 것을 좋아하지만, 법을 어기는 것을 더 좋아한다.

마치 바닷가에서 아이들이 놀면서 즐겁게 모래성을 쌓다가 한 번에 무너뜨리는 것처럼.

그러나 모래성을 쌓는 동안 바다는 더 많은 모래를 해변으로 가져온다.

모래성을 무너뜨릴 때 바다는 아이와 함께 웃는다.

바다는 진실로 항상 죄 없는 자들과 함께 웃는다.

그러나 삶이 바다가 아니고 인간이 만든 법이 모래성이 아닐 때는 어떠한가?

삶이 바위고 법이 자기와 같은 모양대로 조각하는 끌이라고 생각하는 자들은 어떠한가? 또 춤추는 자를 질투하는 절름발이는 어떠한가?

정작 자신을 옭아맨 멍에를 사랑하면서, 숲의 고라니와 사슴이 길 잃고 헤맨다고 여기는 소는 어떠한가?

정작 자신의 허물은 벗지 못하고 다른 모든 것을 보고 벗고도 부끄러운 것을 모른다고 소리치는 벌거벗은 늙은 뱀은 어떠한가?

그리고 일찌감치 결혼 피로연에 와서 실컷 먹고 지칠 때까지 놀다 가면서 모든 잔치는 불법이고 잔치의 손님들이 모두 범법자라고 떠드는 자는 어떠한가?

그런 자들에게 무슨 말을 할 수 있겠는가? 비록 이들이 우리처럼 햇빛 아래 서 있지만 태양을 등지고 있다는 말 외에는.

그들은 자신의 그림자만 볼 뿐이며, 그 그림자가 그들의 법이다.

그들에게 태양은 어떤 존재인가? 단지 그림자를 만들어 주는 존재일 뿐이다.

그들에게 법을 따른다는 것은 무엇인가? 단지 허리 굽혀 땅

위에 있는 자신의 그림자를 따라가는 것일 뿐이다.

그러나 태양을 향해 가는 자여, 대지에 그려진 어떤 형상이 그대를 붙잡을 수 있겠는가?

바람과 함께 여행하는 자여, 어떤 풍향계가 그대의 항로를 인도할 것인가?

그대가 인간의 감옥 문이 아닌 자신의 굴레를 부순다면 어떤 자의 법이 그대를 구속할 수 있겠는가?

그대가 춤을 추면서도 다른 누군가의 쇠사슬에 걸려 넘어지지 않는다면 어떤 법을 두려워하겠는가?

그대가 옷을 찢어 버리고 아무도 다니지 않는 길에 버리면 누가 그대를 재판하겠는가?

오르펠리스인들이여, 그대들은 북소리를 잠재우고 수금의 줄을 느슨하게 할 수 있다. 하지만 과연 누가 종달새에게 노래하지 말라고 명할 수 있겠는가?

14

자유에 관하여

이번에는 한 웅변가가 말했다. "저희에게 자유에 관하여 말씀해 주십시오."

그가 대답했다.

나는 그대들이 성문 앞에서, 또 집에서 스스로 엎드려 자신의 자유를 경배하는 것을 보았다. 마치 폭군 앞에서 스스로를 낮추고 자신을 죽여도 그를 찬양하는 노예처럼.

그렇다. 나는 사원의 숲과 성채의 그늘에서 그대들 중 가장 자유롭다고 하는 자들이 자유라는 굴레와 수갑에 얽매여 있는 것을 보았다.

내 가슴에는 피가 흘렀다. 자유를 추구하는 욕구조차 그대들에게 속박이 되고, 자유를 목표와 달성의 대상으로서 말하지 않을 때만 그대들은 자유로울 수 있기 때문이다.

낮에 근심이 없고 밤에 욕망과 슬픔이 없다고 진정으로 자유로운 것이 아니다.

무엇보다 이런 것들이 삶을 옭아맬지라도 훌훌 벗어던지고, 얽매이지 않고 그 위에 올라설 때 진정으로 자유로워질 것이다.

그리고 새벽에 한낮을 묶어 놓은 사슬을 끊지 않으면 어떻게 낮과 밤을 넘어설 수 있겠는가?

사실 그대들이 자유라고 부르는 것은 이 사슬들 중에서 가장 강한 사슬이며, 이는 햇볕에 반짝거리며 그대들의 눈을 부시게 할 뿐이다.

그대들이 자유로워지기 위해 버려야 하는 것은 무엇인가? 그대들 자아의 파편이 아니고 무엇이겠는가?

그대들이 없애려고 하는 것은 정의롭지 않은 법이지만, 그 법은 그대들이 자신의 이마 위에 직접 쓴 것이다.

그대들이 법전을 불사른다 해도, 그리고 바닷물을 가져다가 재판관들의 이마를 씻는다 해도 그것을 지울 수 없으리라.

그리고 그대들이 몰아내려고 하는 자가 독재자라면 먼저 그대들 안에 세워진 그의 왕좌가 무너졌는지 보라.

폭군이라도 어떻게 자유롭고 자부심이 강한 자들을 마음대로 다스릴 수 있겠는가?

만약 그대들에게 떨쳐버리려는 근심이 있다면 그것은 그대들에게 강요된 것이 아니라 그대들이 선택한 것이다.

만약 그대들에게 떨쳐버리려는 두려움이 있다면 그것은 두려워하는 자의 손안이 아니라 그대들의 마음속에 자리 잡고 있다.

진정으로 모든 것, 즉 원하는 것과 두려워하는 것, 혐오하는 것과 소중히 여기는 것, 그리고 추구하는 것과 피하고 싶은 것은 그대들 존재 안에서 서로 반쯤 뒤엉킨 채 끊임없이 움직인다.

이러한 것들은 그대들 안에서 한 쌍의 빛과 그림자가 되어 서로 달라붙어 계속 움직인다.

그리고 그림자가 사라지고 더 이상 존재하지 않을 때, 남아 있는 빛은 다른 빛의 그림자가 된다. 그러므로 자유는 속박을 벗어난 순간 그 자체로 더 크게 속박받게 된다.

15

이성과 열정에 관하여

다시 여사제가 말했다. "저희에게 이성과 열정에 대해 알려 주십시오."

그러자 그가 대답했다.

그대들의 영혼은 이성과 판단력이 열정과 욕망에 맞서 싸움을 벌이는 전쟁터다.

내가 그대들 영혼을 화평케 하는 자가 되어 그대들 안에 있는 불화와 경쟁을 화합과 선율로 바꿀 수 있다면 얼마나 좋겠는가.

그러나 자기 스스로가 중재자가 되지 않는다면, 아니 자기 안의 모든 것을 사랑하는 자가 되지 않는다면 도대체 무엇을 할 수 있겠는가?

그대들의 이성과 열정은 바다를 항해하는 영혼의 방향타이자 돛이다.

방향타나 돛 중 하나라도 제구실을 못 하면 그대들은 흔들리고 표류하거나 망망대해에서 꼼짝없이 멈출 수밖에 없다.

지배하되 홀로인 이성은 자신을 가두는 힘이고, 방치된 열정은 파멸을 향해 자신을 불사르는 불꽃이다.

그러므로 그대들의 영혼이 이성을 열정의 높이까지 끌어올려 노래하게 하라.

그리고 이성으로 하여금 그대들의 열정을 인도하여, 마치 불사조가 불타버린 잿더미 위로 다시 일어서듯 그 열정이 매일 부활하여 살아갈 수 있도록 하라.

판단력과 욕망을 그대들의 집에 초대받아 온 손님이라고 생각하고 소중히 대하라.

한 손님을 다른 손님보다 더 귀하게 대해서는 안 된다. 어느 한쪽에 마음이 기울면 사랑과 신뢰 모두를 잃게 되기 때문이다.

언덕 사이에서 하얀 포플러 나무의 시원한 그늘에 앉아 먼 들판과 초원의 평화와 평온을 함께 하면서, 마음속으로 "신은 이성 안에서 쉬고 계신다"라고 조용히 말하라.

그리고 폭풍우가 몰아치고 거센 바람이 숲을 뒤흔들고 천둥과 번개가 하늘의 위엄을 선포할 때, 그대들은 마음속으로 "신이 열정 속에서 움직이신다"라고 경외심을 갖고 말하라.

그대들은 신의 세계에서 하나의 숨결이며 신의 숲에서 하나의 잎새이니, 그대들 또한 이성에서 쉬고 열정에서 움직이게 될 것이다.

16

고통에 관하여

한 여자가 말했다. "고통에 대해 말씀해 주시기 바랍니다."

그는 이렇게 대답했다.

그대들의 고통은 깨달음을 둘러싸고 있는 껍질이 깨짐으로써
생겨나는 것이니,

열매의 씨앗이 햇빛을 보기 위해서는 그 껍데기를 깨야 하듯,
그대들도 고통을 알아야 한다.

그대들이 매일 일어나는 삶의 기적에 경이로움을 느낀다면 고
통이 기쁨보다 덜 경이롭게 느껴지지 않을 것이다.

그러면 들판 위를 지나가는 계절에 순응하듯, 그대들 마음의
계절을 기꺼이 받아들일 것이다.

그리고는 슬픔의 겨울을 평온하게 지켜보리라.

그대들의 고통은 대부분 스스로 선택한 것이니.

고통은 그대들 안의 의사가 그대들의 아픈 자아를 치유하는 쓴 물약이다.

그러니 의사를 믿고 조용하고 차분하게 의사의 치료제를 마셔라.

그의 손은 무겁고 단단하지만 보이지 않는 자의 부드러운 손길로 그대들을 인도할 것이다.

그리고 그가 내민 잔이 그대의 입술을 데게 할지 모르지만 도공이 자신의 성스러운 눈물로 적신 흙으로 만든 것임을 기억하라.

17

자신을 아는 것에 관하여

이번에는 한 남자가 말했다. "자신을 아는 것에 대해 말씀해 주십시오."

그러자 그가 대답했다.

그대의 가슴은 침묵 속에서 낮과 밤의 비밀을 알고 있다.

그러나 그대의 귀는 그대 마음속 인식의 소리를 듣고 싶어 한다.

그대는 항상 생각으로 알고 있던 것을 말로 알고 싶어 한다.

그대는 자기 꿈의 맨몸을 손가락으로 만지고 싶어 한다.

그렇게 하는 것이 마땅하다.

그대 영혼에 숨겨진 샘은 반드시 속삭이며 바다로 달려가 야 하며,

그러면 무한히 깊게 숨은 그대의 보물이 그대에게 모습을 드러낼 것이기 때문이다.

그러나 그대가 가진 미지의 보물을 절대 저울질하지 말라.

그리고 자와 줄로 지식의 깊이를 재려고 하지 말라.

자아는 끝이 없고 측량할 수 없는 바다이기 때문이다.

"진리를 찾았다"고 하지 말고 "한 가지 진리를 찾았다"고 말하라.

"영혼의 길을 발견했다"고 하지 말고 "내 길 위를 걸어가는 영혼을 만났다"라고 말하라.

영혼은 모든 길을 걸어가기 때문이다.

영혼은 하나의 길을 걷지 않으며, 갈대처럼 자라지도 않는다.

영혼은 무수한 꽃잎으로 이루어진 연꽃처럼 스스로 잎을 펼치는 법.

18

가르치는 것에 관하여

그러자 한 교사가 말했다. "가르치는 것이란 무엇인지 말씀해 주십시오."

그는 대답했다.

누구도 그대들을 가르칠 수 없다. 새벽녘처럼 반쯤 잠든 그대들의 지식을 깨울 뿐이다.

성전의 그늘에서 제자와 함께 걷는 스승은 지혜가 아닌 믿음과 사랑으로 가르침을 준다.

진정으로 지혜로운 사람은 자신의 지혜의 집에 들어오라고 하지 않고, 그대들 마음의 문으로 인도할 것이다.

천문학자는 우주에 대한 지식을 말해줄 수는 있어도 자신이 알고 있는 것을 나눠 주지는 못한다.

음악가는 그대들을 위해 온 우주의 선율을 들려줄 수 있지만, 리듬을 포착하는 귀와 그것을 만들어 내는 목소리는 줄 수 없다.

수학에 정통한 사람 또한 무게와 크기에 대해 말할 수 있지만, 그대들을 그 세계로 인도할 수는 없다.

한 인간의 통찰력은 날개와 같고 다른 이에게 빌려주지 못하는 것이기 때문이다.

그러므로 누구나 신에 대한 지식 안에 홀로 서듯, 신을 깨닫고 대지를 이해하는 것은 우리 각자가 스스로 해야 할 일이다.

19

우정에 관하여

이번에는 한 청년이 말했다. "우정에 대해 알려 주십시오."
그러자 그가 대답했다.

그대의 친구는 그대가 원하는 것을 충족시켜 주는 존재다.
친구는 그대가 사랑으로 심고 감사로 거두는 밭이다.
또한 그대의 식탁이자 그대의 단란한 가정이다.
그대는 배고플 때 친구에게 가고 마음의 평화를 구하기 위해
친구를 찾는다.

친구가 자신의 마음을 말할 때 그대는 "아니"라고 말하기를
두려워하지 말고, "그래"라고 말하기를 주저하지 말라.

그리고 친구가 침묵할 때도 그대의 가슴이 그의 가슴에 귀 기울이는 것을 멈추지 말라.

우정 속에서는 모든 생각, 모든 욕망, 모든 기대가 조용히 생겨나고 공유되며, 누가 요구하지 않아도 소리 없는 기쁨과 함께 나눠지기 때문이다.

그대는 친구와 헤어질 때 너무 슬퍼하지 말라.

산을 오르는 자가 산을 보는 것보다 평지에서 산을 볼 때 더 또렷한 것처럼, 친구가 곁에 없을 때 그대가 가장 사랑했던 것이 뚜렷하게 나타나기 때문이다.

영혼을 깊게 아는 것 외에는 다른 어떠한 목적도 우정에 두지 말라.

사랑이 자신의 신비를 드러내는 것 외에 다른 것을 추구한다면 그것은 사랑이 아니라 아무렇게나 던져진 그물에 불과하다. 그 그물에는 쓸모없는 것만 걸려들 것이다.

그러니 친구를 위해 최선을 다하라.

친구가 그대의 썰물을 알고자 한다면 밀물에 대해서도 알려주어라.

그러나 그대가 시간을 때우기 위해 친구를 찾는다면 거기에는 어떤 의미가 있겠는가?

활기찬 시간을 보내기를 원할 때 친구를 찾아라.

친구는 그대에게 필요한 것을 채워 주는 존재이지만, 그대의
공허함까지 채워 주는 존재가 아니잖은가.

그러니 우정의 달콤함 속에서 웃으며 기쁨을 나누도록 하라.

그대의 가슴은 작은 이슬방울 속에서 아침을 발견하고 생기
를 되찾을 수 있게 되리라.

20

말하는 것에 관하여

이번에는 한 학자가 말했다. "말하는 것에 관하여 말씀해 주십시오."

그러자 그는 이렇게 대답했다.

그대들은 생각이 많아서 마음이 평안하지 않을 때 말을 한다.

그대의 마음이 더 이상 고독 속에 머물 수 없을 때 입술은 움직이지만, 이때 그대의 말소리는 기분 전환과 오락거리에 지나지 않는다.

그대들이 말할 때 생각은 반쯤 죽은 것과 같다.

생각은 하늘을 나는 새와 같다. 말로 된 새장 안에서 날개를 펼칠 수는 있어도, 날아오르지는 못한다.

그대들 가운데 혼자가 되는 것에 대한 두려움 때문에 이야기
꾼을 찾는 자가 있다.

하지만 고독의 침묵이 그들의 벌거벗은 모습을 드러내면 그들
은 도망친다.

그리고 생각하기 이전에 자신도 잘 알지 못하는 진리를 떠들
어대는 이들도 있다.

그런가 하면 자기 안에 진실이 있지만 이를 말로 하지 않는 이
들도 있다.

이런 이들의 가슴 속에는 노래하면서도 침묵하는 영혼이 거
한다.

그대가 길가나 장터에서 친구를 만나거든, 그대 안에 있는 영
혼으로 하여금 입술을 움직이게 하고 혀를 굴려라.

그대 내면의 목소리가 그 친구의 귀에 닿도록 하라.

그렇게 하면 그의 영혼이 그대 마음의 진실을 간직할 것이다.

포도주색이 잊히고 포도주 잔을 더 이상 기억하지 못해도 포
도주 맛은 기억하는 것처럼.

21

시간에 관하여

이번에는 한 천문학자가 와서 물었다. "스승이시여, 시간이란 무엇입니까?"

그러자 그가 대답했다.

그대들은 측정할 수 없고 측량할 수도 없는 시간을 감히 헤아리려고 한다.

시간과 계절에 자신의 행동을 맞추고, 심지어 자기 영혼의 행로를 조정하려고 한다.

그리고 시간의 강을 만들고 그 강둑에 앉아 시간이 흐르는 것을 지켜보려고 한다.

그러나 그대들 속 시간 초월자는 삶이 시간을 초월한다는 것을 안다.

어제는 오늘의 기억이고, 내일은 오늘의 꿈이라는 것을 알고 있다.

그리고 그대들 안에서 노래하고 명상하는 존재는 우주에 별들이 흩어지던 최초의 순간에 여전히 머물러 있다.

그대들 가운데 그의 무한한 사랑의 힘을 느끼지 못하는 이가 있는가?

그 사랑이 이렇게 무한한데, 자신이 그 중심에 있다고 생각하지 않는 사람이 있는가?

그렇기 때문에 한 사랑의 생각에서 다른 사랑의 생각으로, 한 사랑의 행위에서 다른 사랑의 행위로 옮겨가지 않는다는 것을 누구나 느낄 것이다.

사랑이 그러하듯, 시간 역시 나누어지지 않으며 일정한 속도로 가지 않는다.

그래도 그대들이 시간을 계절로 측정해야 한다고 생각한다면 각 계절에 모든 계절이 깃들도록 하라.

그리하여 오늘이 과거를 기억으로, 미래를 갈망으로 감싸도록 하라.

22

선과 악에 관하여

이번에는 성읍의 한 원로가 말했다. "저희에게 선과 악에 대해 말씀해 주십시오."

그가 대답했다.

그대들 안에 있는 선에 대해서는 말할 수 있으나, 악에 대해서 는 말할 수 없다.

악이 무엇인가? 선이 굶주림과 목마름으로 괴로워할 때의 모 습 아닌가?

진정으로, 선도 굶주리면 어두운 동굴에서 먹을 것을 찾고 목 이 마르면 썩은 물도 마시는 법이다.

그대들은 그대들 자신과 하나가 될 때 비로소 선하다.

하지만 자신과 하나가 되지 않는다고 해서 악한 것은 아니다.

가족 간에 불화가 있는 집은 그저 불화가 있는 집일 뿐, 도둑의 소굴이 아니기 때문이다.

방향타가 없는 배가 위험한 섬들 사이를 정처 없이 떠돌아다녀도 바닥에 가라앉지는 않는다.

자신을 베풀고자 할 때 그대들은 선하다.

하지만 자신의 이익을 추구한다고 해서 악한 것은 아니다.

그대들이 자신의 이익을 얻기 위해 노력한다면 그대들은 땅에 달라붙어 젖을 빨아먹는 뿌리에 불과하기 때문이다.

그렇다고 해서 열매가 뿌리를 향해 "나처럼 익고 충만하여 늘 풍성함을 베풀어라"라고 말할 수는 없다.

열매에게 주는 것이 필요하듯, 뿌리에게는 받는 것이 필요하기 때문이다.

정신이 완전히 깨어 있을 때 그대들은 선하다.

하지만 혀가 목적 없이 비틀거리며 잠을 잔다고 해서 악한 것은 아니다.

더듬거리는 말이라 할지라도 약한 혀를 강하게 만들 수 있기 때문이다.

그대들은 굳건하고 담대한 발걸음으로 목표로 향할 때 선하다.

하지만 절뚝거리며 간다고 해서 악한 것은 아니다.

절뚝거리며 걷는다고 해서 뒤로 가지는 않기 때문이다.

그러나 강하고 민첩한 그대들은 절름발이 앞에서 절뚝거리지 않는 것, 그것을 친절이라고 생각하지 않는가?

그대들은 수많은 방식으로 선하며, 선하지 않을 때도 악한 것은 아니다.

다만 빈둥거리는 경향이 있고 게으를 뿐이다.

마치 사슴이 거북이에게 빨리 달리는 법을 가르치지 못하는 것처럼 안타까울 따름이다.

자신의 거대한 자아에 대한 갈망 속에 그대들의 선함이 있으니, 그 갈망은 그대들 모두의 안에 있다.

그러나 그대들 중 어떤 이는 그 갈망이 산비탈의 비밀과 숲의 노래를 싣고 급류와 같이 바다로 힘차게 돌진한다.

또 어떤 이는 해안에 도달하기 전에 방향을 잃고 머뭇거리다가 약하게 흐르는 시냇물이 된다.

그러나 많이 갈망하는 자여, 적게 갈망하는 자에게 "너는 왜 멈칫하고 머뭇거리는가?"라고 말하지 말라.

참으로 선한 이는 헐벗은 자에게 "너의 옷이 어디 있는가?"라
고 묻지 않으며, 집 없는 자에게 "너의 집에 무슨 일이 있는가?"
라고 묻지 않는다.

23

기도에 관하여

그러자 한 여사제가 말하였다. "기도에 대해 말씀해 주십시오."

그는 대답했다.

그대들은 어려움에 부닥치거나 힘든 일이 있을 때만 기도하거늘, 기쁨이 충만하고 풍요로운 날에도 기도하기를 바라노라.

기도란 그대들이 생동하는 창공을 향해 스스로 날개를 활짝 펼치게 하는 것이 아닌가?

그대들의 어둠을 허공에 쏟아붓는 것이 자신에게 위안을 주기 위해서라면 그대들 마음의 여명을 쏟아붓기 위해서라도 기쁘게 기도하라.

그대들이 영혼의 명을 받아 기도할 때 울게 된다면 비록 지금

은 울더라도 영혼은 그대들을 계속 재촉해서 결국에는 웃게 할
것이다.

그대들은 기도하는 바로 그때 창공에서 기도하고 있는 다른
이를 만날 것이다. 기도 안에서가 아니면 만날 수 없는 사람을.
그러니 눈에 보이지 않는 성전을 방문하고 오로지 황홀하고
달콤한 친교에만 만족하라.
구하는 것 외에 다른 목적으로 성전에 들어가는 자는 아무것
도 얻지 못하기 때문이다.

성전에서 스스로를 낮춘다고 해도 고양됨을 얻지는 못할 것
이다.
또 다른 사람의 유익을 구하기 위해 성전에 들어간다고 해도
아무 답을 듣지 못할 것이다.
눈에 보이지 않는 성전에 들어가는 것, 그것으로 충분하다.

나는 그대들에게 말로 기도하는 법을 가르칠 수 없다.
신은 친히 그대의 입술을 통해 말씀하실 뿐, 그대들의 말에
귀 기울이지 않기 때문이다.
나는 바다와 숲과 산의 기도를 가르칠 수도 없다. 그러나 산과
숲과 바다에서 태어난 그대들은 이들의 기도를 그대들 마음속

에서 찾을 수 있을 것이다.

그리고 밤의 고요함 속에서 귀를 기울이면 이들이 조용히 말하는 것을 들을 수 있을 것이다.

"우리의 날개인 신이시여, 우리가 원하는 것은 우리 안에 계신 당신의 뜻입니다.

우리가 소망하는 것은 우리 안에 있는 당신의 소망입니다.

당신 것인 우리의 밤을, 마찬가지로 당신 것인 우리의 낮으로 바꾸고자 하는 것은 우리 안에 있는 당신의 바람입니다.

우리는 당신에게 아무것도 구할 수 없습니다. 당신이 우리 안에 거하시기 이전에 우리에게 필요한 것을 이미 알고 계시기 때문입니다.

당신이 곧 우리의 필요이시니, 우리에게 자신을 더 주심으로써 모든 것을 주셨습니다."

24

쾌락에 관하여

이번에는 일 년에 한 번 성을 방문하는 은자가 앞으로 나와서 말했다. "저희에게 쾌락에 관해 말씀해 주십시오."

그러자 그가 말했다.

쾌락은 자유의 노래다.

그러나 자유 자체는 아니다.

쾌락은 그대들 욕망의 꽃을 피우는 것이다.

그러나 욕망의 열매는 아니다.

쾌락은 높은 곳을 갈구하는 깊은 외침이다.

그러나 깊은 것도 아니며 높은 것도 아니다.

쾌락은 날개가 있지만 갇혀서 날지 못하는 것이다.

그러나 완전히 갇혀 있는 것은 아니다.

그렇다. 쾌락은 진정한 자유의 노래다.

나는 그대들이 충만한 마음으로 자유의 노래를 부르기를 간절히 바라지만, 그 노래에 마음을 빼앗기지 않기를 바란다.

일부 젊은이들은 마치 쾌락을 삶의 전부인 것처럼 추구함으로써 비난과 질타를 받는다. 나는 그들을 비난하거나 질책하고 싶지 않다. 오히려 그들로 하여금 쾌락을 추구하도록 할 것이다.

그들은 쾌락을 찾지만 절대 쾌락만을 추구하지는 않을 것이기 때문이다.

쾌락은 일곱 자매를 두었고, 가장 어린 자매도 쾌락보다 아름답다.

그대들은 뿌리를 캐기 위해 땅을 파다가 보물을 발견한 사람에 대해 들어보지 못했는가?

그리고 나이 많은 자 가운데 술에 취해 잘못을 저지른 자처럼 후회하는 감정과 함께 쾌락을 기억하는 자가 있을 것이다.

그러나 후회는 마음의 어두운 그림자일 뿐, 마음의 징벌이 아니다.

그들은 여름날의 수확물을 감사하는 마음처럼 쾌락을 기억해야 한다.

그러나 후회로 위로가 된다면 후회로 위로받도록 하라.

그리고 그대들 가운데 쾌락을 추구할 정도로 젊지 않고 쾌락을 회상할 정도로 늙지 않은 이들도 있다.

그들은 쾌락을 추구하고 후회하는 것을 두려워하여 모든 쾌락을 피하고, 영혼을 소홀히 하거나 영혼을 거스르지 않으려고 한다.

그러나 계속 피하려고 해도 쾌락과 마주칠 수밖에 없다.

떨리는 손으로 뿌리를 캐려고 땅을 파도 결국 보물을 찾게 되는 법이니까.

그러니 말해보라. 영혼을 불쾌하게 하는 자 누구인가?

꾀꼬리가 밤의 고요함을 불쾌하게 하겠는가, 아니면 반딧불이 별을 불쾌하게 하겠는가?

그렇지 않으면 그대들의 불꽃이나 연기가 바람을 방해할 수 있겠는가?

그대들은 영혼을 지팡이 하나로 마구 휘저을 수 있는 작고 고요한 연못이라고 생각하지는 않을 것이다.

때때로 그대들은 자신의 쾌락을 부정하면서 욕망을 자기 안의 한 구석에 묻어 둔다.

오늘은 없는 것처럼 보이는 것이 내일을 기약하고 있을지 누가 알겠는가?

그대들의 몸조차 자기가 물려받은 유산과 정당한 필요를 알고 있기에 절대로 속지 않을 것이다.

그대들의 육체는 그대들 영혼의 하프다.

이 하프가 감미로운 소리를 낼지 혼탁한 소리를 낼지는 그대들에게 달렸다.

이제 그대들은 마음속으로 이렇게 물을 것이다. "쾌락 중에서 선한 것과 그렇지 않은 것을 어떻게 구별할 수 있을까?"

들판과 정원에 가 보면 꽃의 꿀을 모으는 것이 꿀벌의 즐거움이라는 것을 알게 될 것이다.

그러나 꽃이 벌에게 꿀을 내어주는 것도 꽃의 쾌락이다.

꿀벌에게 꽃은 생명의 샘이며, 꽃에게 꿀벌은 사랑의 전령이기 때문이다.

꿀벌과 꽃 모두가 쾌락을 주고받음은 서로에게 필요한 것이자 황홀한 것이다.

오르팰리스 사람들이여, 그대들도 꽃과 꿀벌처럼 진정한 쾌락을 누리도록 하라.

25

아름다움에 관하여

한 시인이 말했다. "아름다움에 대해 말씀해 주십시오."
그가 대답했다.

아름다움이 그대들이 가는 길이자 그대들의 길잡이가 아니라
면 그대들은 어디서 어떻게 아름다움을 찾을 수 있겠는가?
　그리고 아름다움이 그대들의 언어를 엮는 직조공이 아니라면
어떻게 아름다움에 대해 말할 수 있겠는가?

고통받은 자들과 상처 입은 자들은 이렇게 말한다. "아름다움
은 친절하고 온화하다. 자신이 받은 축복으로 살짝 수줍어하는
젊은 아낙처럼 우리 사이를 거닌다."

열정적인 자들은 이렇게 말한다. "아니다. 아름다움은 힘과 두려움의 대상이다. 마치 폭풍우처럼 우리 발밑 땅 그리고 하늘을 뒤흔든다."

피곤하고 지친 자들은 이렇게 말한다. "아름다움은 부드러운 속삭임이며, 우리의 영혼에 말을 건넨다. 그리고 그 목소리는 우리의 침묵에 자리를 내어준다. 마치 희미한 빛이 그림자를 두려워하며 떨고 있는 것처럼."

그러나 불안한 자들은 이렇게 말할 것이다. "우리는 아름다움이 산속에서 외치는 소리를 들었다. 그리고 그 외침과 함께 발굽 소리, 날개를 펄럭이는 소리와 사자가 으르렁대는 소리를 들었다."

밤에 되면 성벽을 지키는 파수꾼은 말할 것이다. "동쪽에서 새벽과 함께 아름다움이 떠오를 것이다."

그리고 낮이 되었을 때 일꾼과 나그네는 말할 것이다. "해질녘 창가에서 아름다움이 대지에 몸을 기대는 것을 보았다."

겨울이면 눈 속에 갇힌 자들은 말한다. "아름다움은 언덕 저 위에서 봄과 함께 달려올 것이다."

그리고 여름 더위 속에서 수확을 기다리는 자들은 말한다. "아름다움이 단풍과 함께 춤을 추는 것을 본다면 곧 그녀의 머리카락에 눈이 내리는 것을 보게 될 것이다."

이들 모두는 아름다움에 대한 말이다.

그러나 사실은 아름다움에 대해 말하지 않고 충족되지 않은 욕구에 대해 말한 것뿐이다.

아름다움은 욕구가 아니라 황홀함이다.

아름다움은 목마른 입이 아니고 내미는 빈손도 아니다.

그보다는 불타오르는 가슴과 마법에 걸린 영혼이다.

아름다움은 눈에 보이는 것도 아니고 귀에 들리는 노래도 아니다.

눈을 감아도 보이는 형상이며, 귀를 막아도 들리는 노래다.

아름다움은 주름진 나무껍질 속 수액도 아니고 발톱에 달린 날개도 아니다.

영원히 꽃을 피우는 정원과 영원히 날고 있는 천사의 무리다.

오르팰리스인들이여, 아름다움은 삶이 거룩한 얼굴의 장막을 걷어낼 때 그 모습을 드러낸다.

하지만 그대들이 삶이자 장막이다.

아름다움은 거울에 비친 자신을 바라보는 영원이다.

하지만 그대들이 곧 이 영원이자 거울이다.

26

종교에 관하여

이번에는 한 늙은 사제가 말했다. "저희에게 종교에 대해 말씀해 주십시오."

그는 이렇게 대답했다.

오늘 내가 한 이야기가 모두 종교에 관한 것 아닌가?

종교는 모든 행위이며 생각이다.

행위도 생각도 아니라면 종교는 손으로 돌을 깎거나 베를 짜는 동안에도 영혼에서 늘 솟아나는 경이로움과 놀라움이 아닌가?

자신의 신념을 행위와 분리하거나 자신의 믿음을 일과 분리할 수 있는 자 누구인가?

그 누가 눈앞에 자신의 시간을 펼쳐놓고 "이것은 신을 위한 것이자 나를 위한 것이요, 내 영혼을 위한 것이고 내 육체를 위한 것이다"라고 말할 수 있는가?

그대들의 모든 시간은 자아에서 자아로 공간을 넘나드는 날개다.
자신의 도덕성을 최고급 옷으로밖에 나타내지 못하는 자는 벌거벗는 편이 더 낫다.
바람과 태양이 그의 살갗을 뚫지는 못할 것이다.
그리고 도덕성에 의해서만 자신의 행동을 정의하는 자는 노래하는 새를 새장에 가두어 버린다.
아무리 자유로운 노래도 철창과 창살을 통해 나오지는 못할 것이다.
또 예배를 여닫는 창문으로 여기는 자가 있다면 새벽부터 다음 날 새벽까지 창이 열려 있는 그 영혼의 집을 아직 찾아가지 않은 것과 같다.

그대들의 일상이 그대들의 성전이자 종교다.
그 안으로 들어갈 때마다 모든 것을 가져가라.
쟁기와 지게, 나무망치와 비파도 가져가라.
그대들의 필요에 의해, 또는 쾌락을 위해 만든 것들을.
그대들은 성취한 것보다 더 높아질 수도 없고 실패한 것보다 더 낮아질 수도 없다.

그리고 모든 사람과 함께해라.

이는 그들의 희망보다 더 높이 날 수 없고 그들의 절망보다 더 낮게 낮아질 수 없기 때문이다.

그대들이 신을 알고자 한다면 그 수수께끼를 풀려고 하지 말라.

오히려 그대들 주위를 둘러본다면 그분이 그대들의 자녀들과 함께 노는 것을 보게 될 것이고,

우주를 바라보면 구름 위를 걸으시고 번개 속에서 팔을 뻗어 비를 내리시는 그분을 보게 될 것이고,

꽃 속에서 웃다가 나무에서 일어나 손을 흔들고 계시는 그분을 보게 되리라.

27

죽음에 관하여

이번에는 알미트라가 다시 말하였다. "죽음에 대해 묻고자 합니다."

그는 대답했다.

그대들은 죽음의 비밀을 알고 싶어 한다.

그러나 그를 삶의 한가운데서 찾지 않으면 어디서 찾을 수 있겠는가?

낮에는 눈이 멀어 낮을 보지 못하는 부엉이는 빛의 신비를 밝힐 수 없지 않은가?

그대들이 진정으로 죽음의 영을 보고자 한다면 삶을 향해 가슴을 활짝 열고 바라보라.

강과 바다가 하나이듯, 삶과 죽음 또한 하나이기 때문이다.

그대들 희망과 욕망의 깊은 곳에는 저 너머에 대한 조용한 깨달음이 있나니.
그대들의 마음은 눈 아래에서 꿈을 꾸는 씨앗처럼 봄을 꿈꾼다.
그러니 그 꿈을 믿어라. 그 안에 영원의 문이 숨어 있으니.

죽음에 대한 두려움은 왕 앞에서 선 목자가 자기 위에 놓인 영예로운 왕의 손길에 의해 느끼는 떨림일 뿐이다.
목자는 왕의 표식을 달게 되니 떨리면서도 어찌 기쁘지 않겠는가?
그러니 자신의 떨림을 더 의식하게 되지 않겠는가?

죽는다는 것은 무엇인가? 바람 속에 벌거벗고 서 있거나 태양에 녹아버리는 것 아닌가?
숨을 멈춘다는 것은 무엇인가? 숨을 불안한 조류에서 해방해 아무 방해받지 않고 솟아올라 신을 찾는 것 아닌가?

침묵의 강물을 마실 때만 진정으로 노래할 수 있다.
산 정상에 도달했을 때야 오르기 시작할 수 있다.

그리고 대지가 그대들의 팔다리를 붙잡을 때, 그대들은 진정으로 춤추게 되리라.

28

작별

이윽고 저녁이 되었다.

예언자 알미트라가 말했다. "이날과 이 장소, 그리고 오늘 말씀을 해준 그대의 영혼에도 축복이 깃들기를 바랍니다."

그가 대답하되, "내가 말한 자였나? 나 또한 듣는 자가 아니었던가?"

알무스타파가 성전 계단에서 내려왔고 모든 이가 그를 따랐다.

그가 배에 이르러 갑판 위에 올라서서 다시 사람들을 향하여 목소리를 높여 말했다.

오르팰리스인들이여, 바람이 나에게 이곳을 떠나라고 재촉한다.

바람보다 더 서두르지는 않겠지만 나는 가야만 한다.

외로운 길을 찾는 방랑자인 우리는 하루를 끝낸 곳에서 또 다른 하루를 시작하지 않으며, 일몰에 떠난 우리를 일출에는 볼 수 없을 것이다.

대지가 잠들어 있는 동안에도 우리는 길을 떠나야 한다.

우리는 생명력 강한 식물의 씨앗이며, 속까지 무르익고 충만 했을 때 바람에 흩어지고 또 흩어진다.

내가 그대들과 함께 보낸 날은 짧았고, 내가 한 말은 그보다 더 짧았다.

그러나 내 목소리가 그대들의 귀에서 사라지고 내 사랑이 그 대들의 기억에서 희미해질 때 나는 다시 찾아올 것이다.

나는 더 풍성한 마음으로, 영혼에 더 순종하는 입술로 말할 것이다.

그렇다. 나는 파도와 함께 돌아올 것이니, 죽음이 나를 가리 고 거대한 침묵이 나를 감쌀지라도 나는 그대들의 깨우침을 구 하기 위해 다시 올 것이다.

나는 결코 헛되이 구하지 않은 것이다.

내가 한 말에 진실이 있다면 그 진실은 더 분명한 목소리와 더 친근한 말로 드러날 것이다.

오르팰리스인들이여, 나는 바람과 함께 가지만 결코 허공에서 헤매지 않을 것이다. 그러니 오늘 그대들이 필요한 바를 나의 사랑으로 이루지 못했다면 다른 날을 기약하라.

인간의 필요는 변하지만 그 사랑은 변하지 않는 법. 인간의 사랑과 그 필요를 충족시켜 주길 바라는 욕구 역시 변하지 않는다.

그러니 늘 기억하라. 거대한 침묵 속에서 내가 돌아올 것임을.

새벽에 흩어져 들판에 이슬만 남기고 사라지는 안개는 다시 일어나 구름으로 모였다가 비가 되어 내릴 것이다.

나 또한 안개와 다르지 않다.

밤의 고요함 속에서 나는 그대들의 거리를 걸었고 내 영혼은 그대들의 집을 찾았다.

그대들의 심장 박동이 내 가슴 속에 있었고 그대들의 숨결이 내 얼굴 위에 있었으며, 나는 그대들을 모두 알았노라.

그렇다. 나는 그대들의 기쁨과 고통을 알았다. 그대들이 잠 속에서 꾸는 꿈이 내 꿈이었다.

그리고 나는 산과 산 사이의 호수처럼 그대들 사이에서 호수가 되었다.

나는 그대들의 정상과 구부러진 비탈, 심지어 무리 지어 가는 그대들의 생각과 욕망까지 밝게 비추었다.

내 침묵 속으로 아이들의 웃음소리가 시냇물을 타고 오고, 젊은이들의 갈망이 강물 속에서 들려왔다.

그것들이 내 가슴 깊이 도달했을 때 시냇물과 강물은 멈추지 않고 노래를 불렀다.

그러나 웃음보다 더 달콤하고 그리움보다 더 위대한 것이 내게 다가왔다.

바로 그대들 안의 무한함이니.

그 무한한 존재 속에서 그대들은 세포와 힘줄로만 이루어진 인간에 불과하고,

그 무한한 존재 속에서 그대들의 모든 노래는 소리 없는 울림에 불과하며,

그 무한한 존재 속에서 그대들 역시 무한한 존재가 되었다.

나 역시 그 존재를 봄으로써 그대들을 보았고 또 사랑하게 되었다.

그렇지 않다면 저 광대한 세계 안에 있지 않은 사랑이 어떻게 그토록 먼 곳까지 닿을 수 있겠는가?

어떤 비전, 어떤 기대, 어떤 가정이 저 비상을 뛰어넘을 수 있겠는가?

사과꽃으로 뒤덮인 거대한 떡갈나무처럼 그대들 안에 거대한

존재가 있나니.

그의 힘이 그대들을 지상에 묶어두고 그의 향기가 그대들을 우주로 끌어올리며, 그의 영원으로 인해 그대들에게 죽음은 없다.

그대들은 들었으리라. 그대들이 마치 사슬의 가장 약한 고리만큼이나 약하다고.

하지만 이는 절반만 진실이다. 그대들 역시 가장 강한 사슬의 고리만큼 강하다.

그대들의 가장 작은 행위로 그대들을 측정하는 것은 약한 거품을 보고 바다의 힘을 측정하는 것과 같다.

그대들의 실패로 그대들을 판단하는 것은 변하는 계절을 탓하는 것과 같다.

그렇다. 그대들은 드넓은 바다와도 같다.

해안에서 무거워진 배들이 조수를 기다려도 절대로 바다처럼 조수를 재촉할 수 없다.

그대들은 계절과도 같다.

겨울에는 봄을 부정할지라도, 봄은 그대들 안에서 쉬면서 나른함 속에서 미소 짓고 화내지 않는다.

내가 이런 말을 하는 것은 그대들이 서로에게 "그분이 우리를 많이 칭찬했다. 그분은 우리 안에서 좋은 것만 보신다"라고 하기 위함이 아니다.

나는 그대들이 이미 스스로 알고 있는 것을 그대들에게 말할 뿐이다.

그러나 말에 대한 지식이 없는 것은 말이 없는 지식의 그림자에 불과하다.

그대들의 생각과 나의 말들은 어제를 기록한, 봉인된 기억에서 물결치는 파도다.

그리고 우리 자신도 대지도 몰랐던 옛날들이자, 대지가 혼란에 휩싸였던 시절의 밤들에 대한 기록이다.

현자들은 그대들에게 지혜를 주러 왔으나 나는 그대들의 지혜를 취하러 왔다.

그런데 보라. 나는 지혜보다 더 위대한 것을 발견하지 않았는가.

그것은 그대들 안에서 점점 더 많이 타오르는 영혼의 불꽃이다.

하지만 그대들은 지혜의 확장에 관심이 없고 그대들 날이 시들어 가는 것만 몹시 슬퍼한다.

이는 육신으로 생명을 추구하는 삶이 무덤을 두려워하는 것과 다를 바 없다.

여기에는 무덤이 없다.

이 산과 평야는 요람이자 디딤돌이다.

조상들이 묻힌 들판을 지날 때마다 그대들 자신과 아이들이 손을 잡고 춤추는 모습을 볼 수 있을 것이다.

자기도 모르게 진정으로 즐거워하리라.

다른 이들은 그대들의 믿음에 대한 증표로 부와 권력, 영광에 대한 황금빛 약속을 해 주었다.

내가 그대들에게 준 것은 보잘것없는 약속뿐이었지만, 그대들은 나에게 더 큰 관대함을 베풀었다.

그대들은 내게 삶에 대한 더 깊은 갈망을 주었다.

이보다 더 값진 선물은 없다. 그대들은 인간의 모든 목표를 타오르는 갈망으로 바꾸고 모든 생명을 솟아오르는 샘물로 바꾸었으니.

그 안에 나의 영광과 보상이 있다.

나는 샘에 와서 물을 마실 때마다 샘물 자체가 목말라함을 알게 된다.

내가 물을 마시는 동안 샘물 또한 나를 마신다.

그대들 중 누군가는 내가 자존심이 강해서, 지나치게 수줍어서 선물을 받지 않는다고 생각한다. 나는 너무 자존심이 강해 보수를 받을 때는 자존심을 내세우지만 선물을 받을 때는 그렇지 않다.

비록 그대들이 나를 그대들의 식탁에 앉히려고 했을 때 나는 언덕 가운데서 산딸기를 먹었지만,

비록 그대들이 나를 흔쾌히 보호해 주려고 했을 때 나는 밤에 성전 현관에서 잠을 잤지만,

나의 낮과 밤을 사랑하는 그대들의 마음이 내 입 안의 음식을 달콤하게 만들고 내 잠을 단꿈으로 채우지 않았는가?

그렇기 때문에 나는 진정으로 그대들에게 한없는 축복을 보낸다.

그대들은 많이 주면서도 주는 것을 전혀 알지 못하니.

거울로 자신을 주시하며 행하는 친절은 돌로 변하며, 자신의 이름을 높이기 위해 행하는 선행은 재앙의 씨앗이 된다.

그대들 가운데 내가 초연하게 고독에 취해 있다고 생각하는 이들이 있으며, 이렇게들 말한다.

"그분은 숲의 나무들과는 의논해도 인간과는 어울리지 않는다. 언덕 꼭대기에 홀로 앉아 우리가 사는 곳을 내려다본다."

내가 언덕 높이 오르고 먼 곳까지 거닌 것은 사실이다.

그렇지 않았다면 어떻게 그렇게 높고 먼 곳에서 그대들이 구원받는 것을 볼 수 있었겠는가?

멀리 떨어져 있지 않고서야 어떻게 진정으로 가까워질 수 있겠는가?

그리고 그대들 중 누군가는 말없이 나를 찾아와 이렇게 말했다.

"낯선 이여, 그대 낯선 이여, 도달할 수 없는 높은 곳을 사랑하는 이여, 왜 독수리가 둥지를 짓는 산꼭대기 사이에 거합니까? 왜 얻을 수 없는 것을 추구하나요?

그대의 그물로 어떤 폭풍을 잡으려고 하나요?

하늘에서는 어떤 공허한 새를 사냥하려고 하나요?

여기에 와서 우리와 함께해요.

내려와서 우리의 빵으로 배고픔을 달래고 우리의 포도주로 함께 목을 적셔요."

그들은 고독한 영혼 때문에 이런 말을 한 것이다.

그러나 그들의 고독이 조금만 더 깊었다면 내가 그대들의 기쁨과 고통의 비밀만을 추구한다는 것을 알았을 것이다.

그리고 하늘을 걷는 그대들의 더 큰 자아만을 사냥하고 있다는 것도.

그러나 사냥꾼은 사냥감이기도 하다.

많은 화살이 내 활을 떠난 것은 단지 내 가슴을 찾기 위해서일 뿐.

그리고 하늘을 나는 자 또한 땅을 기는 자다.

내 날개가 태양 아래 펼쳐졌을 때 땅에 비친 내 그림자는 거북이일 뿐.

나 또한 의심하는 자다.

이따금 내 상처에 손가락을 대었으니, 이는 그대들을 더 믿고 그대들을 더 잘 알기 위함이다.

그리고 이 믿음과 이 앎으로 말하노니,

그대들은 그대들의 육체 안에 갇혀 있지 않고, 집이나 들판에 갇혀 있지 않다.

그대들의 존재는 산 위에 거하고 바람과 함께 다닌다.

따뜻함을 위해 햇볕으로 들어가거나 안전을 위해 어둠 속에 구멍을 파는 존재가 아니다.

자유로운 존재이며, 대지를 감싸고 창공 속에서 움직이는 영혼이다.

이 말이 모호하게 들린다 할지라도 명확히 하려 애쓰지 말라.

흐릿하고 모호한 것은 모든 것의 시작이며 끝이 아니니,

그대들이 나를 시작으로 기억해 주기를 바란다.

생명과 살아 있는 모든 것은 결정체가 아닌 안개 속에서 잉태

된다. 그리고 누가 알겠는가? 결정체 역시 부서진 안개인 것을.

그대들이 나를 기억할 때 이 사실을 꼭 기억해 주기 바란다.
그대들 안에서 가장 연약하고 혼란스러워 보이는 것이 가장 강하고 굳센 존재임을.
그대들 뼈의 구조를 세우고 굳건하게 만든 것은 그대들의 숨결이 아닌가?
그리고 그대들 중 누구도 꿈꿔본 기억이 없는 꿈이 그대들의 성읍을 건설하고 그 안에 있는 모든 것을 만들어 낸 것 아닌가?
그 숨결의 파도만 볼 수 있다면 다른 모든 것은 보이지 않을 것이며,
꿈의 속삭임을 들을 수 있다면 다른 소리는 들리지 않을 것이다.

하지만 어차피 그대들은 보지도 못하고 듣지도 못하니 괜찮다.
그대들의 눈을 가린 장막은 그것을 엮은 손에 의해서만 벗겨질 것이다.
그리고 그대들의 귀를 막은 진흙은 그것을 반죽한 손가락에 의해서만 뚫어질 것이다.
그대들은 그제야 보게 될 것이다. 그리고 듣게 될 것이다.

그러나 그대들은 눈이 먼 것을 한탄하거나 귀가 먹은 것을 후회하지 말라.

그날에 만물 속에 숨겨진 목적을 알게 되고,

빛을 축복하듯 어둠을 축복하게 될 것이다.

이렇게 말한 뒤 그는 주위를 둘러보았다. 선장이 키 옆에 서서 돛을 펴고 저 먼 곳을 바라보고 있었다.

그리고 말했다.

배의 선장이여, 인내심 있고, 인내심 많은 자여!

바람이 불고 돛이 펄럭인다.

방향타도 그대의 명령만을 기다리고 있다.

그래도 내 배의 선장은 내가 침묵하기만을 묵묵히 기다렸다.

그리고 더 큰 바다의 합창을 들은 선원들, 그들도 내 말을 참을성 있게 들었다. 하지만 이제 더 이상 기다리지 않을 것이니.

나는 준비가 되었다.

시냇물이 바다에 이르렀고 위대한 어머니는 다시 한번 아들을 가슴에 안을 것이다.

잘 있어라, 오르팰리스인들이여.

오늘은 끝이 났다.

마치 물 위의 연꽃이 내일로 향하며 지듯이 오늘이 우리 위로 저물고 있으니.

여기서 우리가 얻은 것은 우리가 간직해야 할 것이다.

그리고 그것으로 충분하지 않다면 우리는 다시 함께 모여 손을 내밀어 주신 분께 손을 내밀어야 하리.

잊지 말라. 나는 그대들에게 다시 돌아올 것이다.

잠시 후면 나의 열망은 먼지와 거품을 모아 다른 육신을 만들고, 바람 위에서 잠시 쉬다 보면 또 다른 여인이 나를 낳으리라.

그대들, 그리고 그대들과 함께 보낸 내 청춘에 작별을 고한다.

우리가 꿈에서 만난 것은 단지 어제였을 뿐.

그대들은 내가 외로울 때 노래를 불러주었고, 나는 그대들의 그리움으로 하늘에 탑을 쌓았다.

그러나 이제 우리는 잠에서 깨어났고 꿈은 끝났으니, 더 이상 새벽이 아니다.

한낮이 되어 잠에서 깨어난 우리는 이제 헤어져야 한다.

기억의 황혼에서 우리가 다시 만난다면 다시 함께 이야기하고 그대들은 나에게 더 깊은 노래를 불러줄 것이다.

그리고 또 다른 꿈에서 우리의 손이 만나게 된다면 하늘에 또 다른 탑을 쌓게 될 것이다.

그가 이렇게 말하고 선원들에게 신호를 보내자, 선원들은 곧바로 닻을 들어올리고 정박한 배를 풀어 뱃머리를 동쪽으로 돌렸다.

그러자 오르팰리스 사람들이 한마음으로 외치는 소리가 황혼 속으로 들려와 큰 나팔 소리처럼 바다 위로 퍼져갔다.

알미트라만 말없이 배가 안개 속으로 사라질 때까지 바라보았다.

사람들이 다 흩어진 뒤에도 그녀는 계속 방파제 위에 홀로 서서 그의 말을 마음속으로 되새겼다.

"바람 위에서 잠시 쉬다 보면 또 다른 여인이 나를 낳으리라."

CONTENTS

1

The Coming of the Ship

Almustafa, the chosen and the beloved, who was a dawn unto his own day, had waited twelve years in the city of Orphalese for his ship that was to return and bear him back to the isle of his birth.

And in the twelfth year, on the seventh day of Ielool, the month of reaping, he climbed the hill without the city walls and looked seaward; and he beheld his ship coming with the mist.

Then the gates of his heart were flung open, and his joy flew far over the sea. And he closed his eyes and prayed in the silences of his soul.

But as he descended the hill, a sadness came upon him, and he thought in his heart:

How shall I go in peace and without sorrow? Nay, not without a wound in the spirit shall I leave this city.

Long were the days of pain I have spent within its walls, and long were the nights of aloneness; and who can depart from his pain and his aloneness without regret?

Too many fragments of the spirit have I scattered in these streets, and too many are the children of my longing that walk naked among these hills, and I cannot withdraw from them without a burden and an ache.

It is not a garment I cast off this day, but a skin that I tear with my own hands.

Nor is it a thought I leave behind me, but a heart made sweet with hunger and with thirst.

Yet I cannot tarry longer.

The sea that calls all things unto her calls me, and I must embark.

For to stay, though the hours burn in the night, is to freeze and crystallize and be bound in a mould.

Fain would I take with me all that is here. But how shall I?

A voice cannot carry the tongue and the lips that gave it wings. Alone must it seek the ether.

And alone and without his nest shall the eagle fly across the sun.

Now when he reached the foot of the hill, he turned again towards the sea, and he saw his ship approaching the harbour, and upon her prow the mariners, the men of his own land.

And his soul cried out to them, and he said:

Sons of my ancient mother, you riders of the tides,

How often have you sailed in my dreams. And now you come in my awakening, which is my deeper dream.

Ready am I to go, and my eagerness with sails full set awaits the wind.

Only another breath will I breathe in this still air, only another loving look cast backward,

And then I shall stand among you, a seafarer among seafarers.

And you, vast sea, sleepless mother,

Who alone are peace and freedom to the river and the
stream,

Only another winding will this stream make, only
another murmur in this glade,

And then shall I come to you, a boundless drop to a
boundless ocean.

And as he walked he saw from afar men and women
leaving their fields and their vineyards and hastening
towards the city gates.

And he heard their voices calling his name, and shouting
from field to field telling one another of the coming of his
ship.

And he said to himself:

Shall the day of parting be the day of gathering?

And shall it be said that my eve was in truth my dawn?

And what shall I give unto him who has left his plough
in midfurrow, or to him who has stopped the wheel of his
winepress?

Shall my heart become a tree heavy-laden with fruit that I may gather and give unto them?

And shall my desires flow like a fountain that I may fill their cups?

Am I a harp that the hand of the mighty may touch me, or a flute that his breath may pass through me?

A seeker of silences am I, and what treasure have I found in silences that I may dispense with confidence?

If this is my day of harvest, in what fields have I sowed the seed, and in what unremembered seasons?

If this indeed be the hour in which I lift up my lantern, it is not my flame that shall burn therein.

Empty and dark shall I raise my lantern,

And the guardian of the night shall fill it with oil and he shall light it also.

These things he said in words. But much in his heart remained unsaid.

For he himself could not speak his deeper secret.

And when he entered into the city all the people came

to meet him, and they were crying out to him as with one voice.

And the elders of the city stood forth and said:

Go not yet away from us.

A noontide have you been in our twilight, and your youth has given us dreams to dream.

No stranger are you among us, nor a guest, but our son and our dearly beloved.

Suffer not yet our eyes to hunger for your face.

And the priests and the priestesses said unto him:

Lct not the waves of the sea separate us now, and the years you have spent in our midst become a memory.

You have walked among us a spirit, and your shadow has been a light upon our faces.

Much have we loved you. But speechless was our love, and with veils has it been veiled.

Yet now it cries aloud unto you, and would stand revealed before you.

And ever has it been that love knows not its own depth until the hour of separation.

And others came also and entreated him.

But he answered them not. He only bent his head; and those who stood near saw his tears falling upon his breast.

And he and the people proceeded towards the great square before the temple.

And there came out of the sanctuary a woman whose name was Almitra. And she was a seeress.

And he looked upon her with exceeding tenderness, for it was she who had first sought and believed in him when he had been but a day in their city.

And she hailed him, saying:

Prophet of God, in quest of the uttermost, long have you searched the distances for your ship.

And now your ship has come, and you must needs go.

Deep is your longing for the land of your memories and the dwelling place of your greater desires; and our love would not bind you nor our needs hold you.

Yet this we ask ere you leave us, that you speak to us and give us of your truth.

And we will give it unto our children, and they unto their children, and it shall not perish.

In your aloneness you have watched with our days, and in your wakefulness you have listened to the weeping and the laughter of our sleep.

Now therefore disclose us to ourselves, and tell us all that has been shown you of that which is between birth and death.

And he answered,

People of Orphalese, of what can I speak save of that which is even now moving within your souls?

2

On Love

Then said Almitra, Speak to us of Love.

And he raised his head and looked upon the people, and there fell a stillness upon them. And with a great voice he said:

When love beckons to you, follow him,

Though his ways are hard and steep.

And when his wings enfold you yield to him,

Though the sword hidden among his pinions may wound you.

And when he speaks to you believe in him,

Though his voice may shatter your dreams as the north wind lays waste the garden.

For even as love crowns you so shall he crucify you. Even as he is for your growth so is he for your pruning.

Even as he ascends to your height and caresses your tenderest branches that quiver in the sun,

So shall he descend to your roots and shake them in their clinging to the earth.

Like sheaves of corn he gathers you unto himself.

He threshes you to make you naked.

He sifts you to free you from your husks.

He grinds you to whiteness.

He kneads you until you are pliant;

And then he assigns you to his sacred fire, that you may become sacred bread for God's sacred feast.

All these things shall love do unto you that you may know the secrets of your heart, and in that knowledge become a fragment of Life's heart.

But if in your fear you would seek only love's peace and love's pleasure,

Then it is better for you that you cover your nakedness and pass out of love's threshing-floor,

Into the seasonless world where you shall laugh, but not all of your laughter, and weep, but not all of your tears.

Love gives naught but itself and takes naught but from itself.

Love possesses not nor would it be possessed;

For love is sufficient unto love.

When you love you should not say, "God is in my heart," but rather, "I am in the heart of God."

And think not you can direct the course of love, for love, if it finds you worthy, directs your course.

Love has no other desire but to fulfil itself.

But if you love and must needs have desires, let these be your desires:

To melt and be like a running brook that sings its melody

to the night. To know the pain of too much tenderness.

To be wounded by your own understanding of love;

And to bleed willingly and joyfully.

To wake at dawn with a winged heart and give thanks for another day of loving;

To rest at the noon hour and meditate love's ecstacy;

To return home at eventide with gratitude;

And then to sleep with a prayer for the beloved in your heart and a song of praise upon your lips.

3

On Marriage

Then Almitra spoke again and said, And what of Marriage master?

And he answered saying:

You were born together, and together you shall be forevermore.

You shall be together when the white wings of death scatter your days.

Ay, you shall be together even in the silent memory of God.

But let there be spaces in your togetherness,

And let the winds of the heavens dance between you.

Love one another, but make not a bond of love:

Let it rather be a moving sea between the shores of your souls.

Fill each other's cup but drink not from one cup.

Give one another of your bread but eat not from the same loaf.

Sing and dance together and be joyous, but let each one of you be alone,

Even as the strings of a lute are alone though they quiver with the same music.

Give your hearts, but not into each other's keeping.

For only the hand of Life can contain your hearts.

And stand together yet not too near together:

For the pillars of the temple stand apart,

And the oak tree and the cypress grow not in each other's shadow.

4

On Children

And a woman who held a babe against her bosom said, Speak to us of Children.

And he said:

Your children are not your children.

They are the sons and daughters of Life's longing for itself.

They come through you but not from you,

And though they are with you yet they belong not to you.

You may give them your love but not your thoughts,

For they have their own thoughts.

You may house their bodies but not their souls,

For their souls dwell in the house of tomorrow, which you cannot visit, not even in your dreams.

You may strive to be like them, but seek not to make them like you.

For life goes not backward nor tarries with yesterday.

You are the bows from which your children as living arrows are sent forth.

The archer sees the mark upon the path of the infinite, and He bends you with His might that His arrows may go swift and far.

Let your bending in the archer's hand be for gladness;

For even as He loves the arrow that flies, so He loves also the bow that is stable.

5

On Giving

Then said a rich man, Speak to us of Giving.

And he answered:

You give but little when you give of your possessions.

It is when you give of yourself that you truly give.

For what are your possessions but things you keep and guard for fear you may need them tomorrow?

And tomorrow, what shall tomorrow bring to the overprudent dog burying bones in the trackless sand as he follows the pilgrims to the holy city?

And what is fear of need but need itself?

Is not dread of thirst when your well is full, the thirst that is unquenchable?

There are those who give little of the much which they have — and they give it for recognition and their hidden desire makes their gifts unwholesome.

And there are those who have little and give it all.

These are the believers in life and the bounty of life, and their coffer is never empty.

There are those who give with joy, and that joy is their reward.

And there are those who give with pain, and that pain is their baptism.

And there are those who give and know not pain in giving, nor do they seek joy, nor give with mindfulness of virtue;

They give as in yonder valley the myrtle breathes its fragrance into space.

Through the hands of such as these God speaks, and from behind their eyes He smiles upon the earth.

It is well to give when asked, but it is better to give unasked, through understanding;

And to the open-handed the search for one who shall receive is joy greater than giving.

And is there aught you would withhold?

All you have shall some day be given;

Therefore give now, that the season of giving may be yours and not your inheritors.

You often say, "I would give, but only to the deserving."

The trees in your orchard say not so, nor the flocks in your pasture.

They give that they may live, for to withhold is to perish.

Surely he who is worthy to receive his days and his nights, is worthy of all else from you.

And he who has deserved to drink from the ocean of life deserves to fill his cup from your little stream.

And what desert greater shall there be, than that which lies in the courage and the confidence, nay the charity, of receiving?

And who are you that men should rend their bosom and unveil their pride, that you may see their worth naked and their pride unabashed?

See first that you yourself deserve to be a giver, and an instrument of giving.

For in truth it is life that gives unto life — while you, who deem yourself a giver, are but a witness.

And you receivers — and you are all receivers — assume no weight of gratitude, lest you lay a yoke upon yourself and upon him who gives.

Rather rise together with the giver on his gifts as on wings;

For to be overmindful of your debt, is to doubt his generosity who has the free-hearted earth for mother, and God for father.

6

On Eating and Drinking

Then an old man, a keeper of an inn, said, Speak to us of Eating and Drinking.

And he said:

Would that you could live on the fragrance of the earth, and like an air plant be sustained by the light.

But since you must kill to eat, and rob the newly born of its mother's milk to quench your thirst, let it then be an act of worship,

And let your board stand an altar on which the pure and the innocent of forest and plain are sacrificed for that which is purer and still more innocent in man.

When you kill a beast say to him in your heart,

"By the same power that slays you, I too am slain; and I too shall be consumed.

For the law that delivered you into my hand shall deliver me into a mightier hand.

Your blood and my blood is naught but the sap that feeds the tree of heaven."

And when you crush an apple with your teeth, say to it in your heart,

"Your seeds shall live in my body,

And the buds of your tomorrow shall blossom in my heart,

And your fragrance shall be my breath,

And together we shall rejoice through all the seasons."

And in the autumn, when you gather the grapes of your vineyards for the winepress, say in your heart,

"I too am a vineyard, and my fruit shall be gathered for

the winepress,

And like new wine I shall be kept in eternal vessels."

And in winter, when you draw the wine, let there be in your heart a song for each cup;

And let there be in the song a remembrance for the autumn days, and for the vineyard, and for the winepress.

7

On Work

Then a ploughman said, Speak to us of Work.

And he answered, saying:

You work that you may keep pace with the earth and the soul of the earth.

For to be idle is to become a stranger unto the seasons, and to step out of life's procession, that marches in majesty and proud submission towards the infinite.

When you work you are a flute through whose heart the whispering of the hours turns to music.

Which of you would be a reed, dumb and silent, when all else sings together in unison?

Always you have been told that work is a curse and labour a misfortune.

But I say to you that when you work you fulfil a part of earth's furthest dream, assigned to you when that dream was born,

And in keeping yourself with labour you are in truth loving life,

And to love life through labour is to be intimate with life's inmost secret.

But if you in your pain call birth an affliction and the support of the flesh a curse written upon your brow, then I answer that naught but the sweat of your brow shall wash away that which is written.

You have been told also that life is darkness, and in your weariness you echo what was said by the weary.

And I say that life is indeed darkness save when there is

urge,

And all urge is blind save when there is knowledge,

And all knowledge is vain save when there is work,

And all work is empty save when there is love;

And when you work with love you bind yourself to yourself, and to one another, and to God.

And what is it to work with love?

It is to weave the cloth with threads drawn from your heart, even as if your beloved were to wear that cloth.

It is to build a house with affection, even as if your beloved were to dwell in that house.

It is to sow seeds with tenderness and reap the harvest with joy, even as if your beloved were to eat the fruit.

It is to charge all things you fashion with a breath of your own spirit,

And to know that all the blessed dead are standing about you and watching.

Often have I heard you say, as if speaking in sleep,

"He who works in marble, and finds the shape of his own

soul in the stone, is nobler than he who ploughs the soil. And he who seizes the rainbow to lay it on a cloth in the likeness of man, is more than he who makes the sandals for our feet."

But I say, not in sleep but in the over-wakefulness of noontide, that the wind speaks not more sweetly to the giant oaks than to the least of all the blades of grass;

And he alone is great who turns the voice of the wind into a song made sweeter by his own loving.

Work is love made visible.

And if you cannot work with love but only with distaste, it is better that you should leave your work and sit at the gate of the temple and take alms of those who work with joy.

For if you bake bread with indifference, you bake a bitter bread that feeds but half man's hunger.

And if you grudge the crushing of the grapes, your grudge distils a poison in the wine.

And if you sing though as angels, and love not the singing, you muffle man's ears to the voices of the day and the voices of the night.

8

On Joy and Sorrow

Then a woman said, Speak to us of Joy and Sorrow.

And he answered:

Your joy is your sorrow unmasked.

And the selfsame well from which your laughter rises was oftentimes filled with your tears.

And how else can it be?

The deeper that sorrow carves into your being, the more joy you can contain.

Is not the cup that holds your wine the very cup that was burned in the potter's oven?

And is not the lute that soothes your spirit, the very wood that was hollowed with knives?

When you are joyous, look deep into your heart and you shall find it is only that which has given you sorrow that is giving you joy.

When you are sorrowful look again in your heart, and you shall see that in truth you are weeping for that which has been your delight.

Some of you say, "Joy is greater than sorrow," and others say, "Nay, sorrow is the greater."

But I say unto you, they are inseparable.

Together they come, and when one sits alone with you at your board, remember that the other is asleep upon your bed.

Verily you are suspended like scales between your sorrow and your joy.

Only when you are empty are you at standstill and balanced.

When the treasure-keeper lifts you to weigh his gold and his silver, needs must your joy or your sorrow rise or fall.

9

On Houses

Then a mason came forth and said, Speak to us of Houses.

And he answered and said:

Build of your imaginings a bower in the wilderness ere you build a house within the city walls.

For even as you have home-comings in your twilight, so has the wanderer in you, the ever distant and alone.

Your house is your larger body.

It grows in the sun and sleeps in the stillness of the night; and it is not dreamless.

Does not your house dream? and dreaming, leave the city for grove or hilltop?

Would that I could gather your houses into my hand, and like a sower scatter them in forest and meadow.

Would the valleys were your streets, and the green paths your alleys, that you might seek one another through vineyards, and come with the fragrance of the earth in your garments.

But these things are not yet to be.

In their fear your forefathers gathered you too near together. And that fear shall endure a little longer. A little longer shall your city walls separate your hearths from your fields.

And tell me, people of Orphalese, what have you in these houses?

And what is it you guard with fastened doors?

Have you peace, the quiet urge that reveals your power?

Have you remembrances, the glimmering arches that span the summits of the mind?

Have you beauty, that leads the heart from things fashioned of wood and stone to the holy mountain?

Tell me, have you these in your houses?

Or have you only comfort, and the lust for comfort, that stealthy thing that enters the house a guest, and then becomes a host, and then a master?

Ay, and it becomes a tamer, and with hook and scourge makes puppets of your larger desires.

Though its hands are silken, its heart is of iron.

It lulls you to sleep only to stand by your bed and jeer at the dignity of the flesh.

It makes mock of your sound senses, and lays them in thistledown like fragile vessels.

Verily the lust for comfort murders the passion of the soul, and then walks grinning in the funeral.

But you, children of space, you restless in rest, you shall not be trapped nor tamed.

Your house shall be not an anchor but a mast.

It shall not be a glistening film that covers a wound, but an eyelid that guards the eye.

You shall not fold your wings that you may pass through doors, nor bend your heads that they strike not against a ceiling, nor fear to breathe lest walls should crack and fall down.

You shall not dwell in tombs made by the dead for the living.

And though of magnificence and splendour, your house shall not hold your secret nor shelter your longing.

For that which is boundless in you abides in the mansion of the sky, whose door is the morning mist, and whose windows are the songs and the silences of night.

10

On Clothes

And the weaver said, Speak to us of Clothes.

And he answered:

Your clothes conceal much of your beauty, yet they hide not the unbeautiful.

And though you seek in garments the freedom of privacy you may find in them a harness and a chain.

Would that you could meet the sun and the wind with more of your skin and less of your raiment,

For the breath of life is in the sunlight and the hand of life is in the wind.

Some of you say, "It is the north wind who has woven the clothes to wear."

And I say, Ay, it was the north wind,

But shame was his loom, and the softening of the sinews was his thread.

And when his work was done he laughed in the forest.

Forget not that modesty is for a shield against the eye of the unclean.

And when the unclean shall be no more, what were modesty but a fetter and a fouling of the mind?

And forget not that the earth delights to feel your bare feet and the winds long to play with your hair.

11

On Buying and Selling

And a merchant said, Speak to us of Buying and Selling.
And he answered and said:

To you the earth yields her fruit, and you shall not want if you but know how to fill your hands.

It is in exchanging the gifts of the earth that you shall find abundance and be satisfied.

Yet unless the exchange be in love and kindly justice, it will but lead some to greed and others to hunger.

When in the market place you toilers of the sea and fields

and vineyards meet the weavers and the potters and the gatherers of spices,—

Invoke then the master spirit of the earth, to come into your midst and sanctify the scales and the reckoning that weighs value against value.

And suffer not the barren-handed to take part in your transactions, who would sell their words for your labour.

To such men you should say,

"Come with us to the field, or go with our brothers to the sea and cast your net;

For the land and the sea shall be bountiful to you even as to us."

And if there come the singers and the dancers and the flute players,— buy of their gifts also.

For they too are gatherers of fruit and frankincense, and that which they bring, though fashioned of dreams, is raiment and food for your soul.

And before you leave the market place, see that no one has gone his way with empty hands.

For the master spirit of the earth shall not sleep peacefully upon the wind till the needs of the least of you are satisfied.

12

On Crime and Punishment

Then one of the judges of the city stood forth and said,
Speak to us of Crime and Punishment.

And he answered, saying:

It is when your spirit goes wandering upon the wind,

That you, alone and unguarded, commit a wrong unto
others and therefore unto yourself.

And for that wrong committed must you knock and wait
a while unheeded at the gate of the blessed.

Like the ocean is your god-self;

It remains for ever undefiled.

And like the ether it lifts but the winged.

Even like the sun is your god-self;

It knows not the ways of the mole nor seeks it the holes of the serpent.

But your god-self dwells not alone in your being.

Much in you is still man, and much in you is not yet man,

But a shapeless pigmy that walks asleep in the mist searching for its own awakening.

And of the man in you would I now speak.

For it is he and not your god-self nor the pigmy in the mist, that knows crime and the punishment of crime.

Oftentimes have I heard you speak of one who commits a wrong as though he were not one of you, but a stranger unto you and an intruder upon your world.

But I say that even as the holy and the righteous cannot rise beyond the highest which is in each one of you,

So the wicked and the weak cannot fall lower than the lowest which is in you also.

And as a single leaf turns not yellow but with the silent knowledge of the whole tree,

So the wrong-doer cannot do wrong without the hidden will of you all.

Like a procession you walk together towards your god-self.

You are the way and the wayfarers.

And when one of you falls down he falls for those behind him, a caution against the stumbling stone.

Ay, and he falls for those ahead of him, who though faster and surer of foot, yet removed not the stumbling stone.

And this also, though the word lie heavy upon your hearts:

The murdered is not unaccountable for his own murder,

And the robbed is not blameless in being robbed.

The righteous is not innocent of the deeds of the wicked,

And the white-handed is not clean in the doings of the felon.

Yea, the guilty is oftentimes the victim of the injured,

And still more often the condemned is the burden bearer for the guiltless and unblamed.

You cannot separate the just from the unjust and the good from the wicked;

For they stand together before the face of the sun even as the black thread and the white are woven together.

And when the black thread breaks, the weaver shall look into the whole cloth, and he shall examine the loom also.

If any of you would bring to judgment the unfaithful wife,

Let him also weigh the heart of her husband in scales, and measure his soul with measurements.

And let him who would lash the offender look unto the spirit of the offended.

And if any of you would punish in the name of righteousness and lay the ax unto the evil tree, let him see to its roots;

And verily he will find the roots of the good and the bad, the fruitful and the fruitless, all entwined together in the silent heart of the earth.

And you judges who would be just,

What judgment pronounce you upon him who though honest in the flesh yet is a thief in spirit?

What penalty lay you upon him who slays in the flesh yet is himself slain in the spirit?

And how prosecute you him who in action is a deceiver and an oppressor,

Yet who also is aggrieved and outraged?

And how shall you punish those whose remorse is already greater than their misdeeds?

Is not remorse the justice which is administered by that very law which you would fain serve?

Yet you cannot lay remorse upon the innocent nor lift it from the heart of the guilty.

Unbidden shall it call in the night, that men may wake and gaze upon themselves.

And you who would understand justice, how shall you unless you look upon all deeds in the fullness of light?

Only then shall you know that the erect and the fallen are but one man standing in twilight between the night of his pigmy-self and the day of his god-self,

And that the corner-stone of the temple is not higher than the lowest stone in its foundation.

13

On Laws

Then a lawyer said, But what of our Laws, master?

And he answered:

You delight in laying down laws,

Yet you delight more in breaking them.

Like children playing by the ocean who build sand-towers with constancy and then destroy them with laughter.

But while you build your sand-towers the ocean brings more sand to the shore,

And when you destroy them the ocean laughs with you.

Verily the ocean laughs always with the innocent.

But what of those to whom life is not an ocean, and man-made laws are not sand-towers,

But to whom life is a rock, and the law a chisel with which they would carve it in their own likeness?

What of the cripple who hates dancers?

What of the ox who loves his yoke and deems the elk and deer of the forest stray and vagrant things?

What of the old serpent who cannot shed his skin, and calls all others naked and shameless?

And of him who comes early to the wedding-feast, and when over-fed and tired goes his way saying that all feasts are violation and all feasters lawbreakers?

What shall I say of these save that they too stand in the sunlight, but with their backs to the sun?

They see only their shadows, and their shadows are their laws.

And what is the sun to them but a caster of shadows?

And what is it to acknowledge the laws but to stoop down and trace their shadows upon the earth?

But you who walk facing the sun, what images drawn on the earth can hold you?

You who travel with the wind, what weather-vane shall direct your course?

What man's law shall bind you if you break your yoke but upon no man's prison door?

What laws shall you fear if you dance but stumble against no man's iron chains?

And who is he that shall bring you to judgment if you tear off your garment yet leave it in no man's path?

People of Orphalese, you can muffle the drum, and you can loosen the strings of the lyre, but who shall command the skylark not to sing?

14

On Freedom

And an orator said, Speak to us of Freedom.

And he answered:

At the city gate and by your fireside I have seen you prostrate yourself and worship your own freedom,

Even as slaves humble themselves before a tyrant and praise him though he slays them.

Ay, in the grove of the temple and in the shadow of the citadel I have seen the freest among you wear their freedom as a yoke and a handcuff.

And my heart bled within me; for you can only be free

when even the desire of seeking freedom becomes a harness to you, and when you cease to speak of freedom as a goal and a fulfillment.

You shall be free indeed when your days are not without a care nor your nights without a want and a grief,
But rather when these things girdle your life and yet you rise above them naked and unbound.

And how shall you rise beyond your days and nights unless you break the chains which you at the dawn of your understanding have fastened around your noon hour?
In truth that which you call freedom is the strongest of these chains, though its links glitter in the sun and dazzle your eyes.

And what is it but fragments of your own self you would discard that you may become free?
If it is an unjust law you would abolish, that law was written with your own hand upon your own forehead.
You cannot erase it by burning your law books nor by

washing the foreheads of your judges, though you pour the sea upon them.

And if it is a despot you would dethrone, see first that his throne erected within you is destroyed.

For how can a tyrant rule the free and the proud, but for a tyranny in their own freedom and a shame in their own pride?

And if it is a care you would cast off, that cart has been chosen by you rather than imposed upon you.

And if it is a fear you would dispel, the seat of that fear is in your heart and not in the hand of the feared.

Verily all things move within your being in constant half embrace, the desired and the dreaded, the repugnant and the cherished, the pursued and that which you would escape.

These things move within you as lights and shadows in pairs that cling.

And when the shadow fades and is no more, the light that lingers becomes a shadow to another light.

And thus your freedom when it loses its fetters becomes itself the fetter of a greater freedom.

15

On Reason and Passion

And the priestess spoke again and said: Speak to us of Reason and Passion.

And he answered, saying:

Your soul is oftentimes a battlefield, upon which your reason and your judgment wage war against your passion and your appetite.

Would that I could be the peacemaker in your soul, that I might turn the discord and the rivalry of your elements into oneness and melody.

But how shall I, unless you yourselves be also the

peacemakers, nay, the lovers of all your elements?

Your reason and your passion are the rudder and the sails of your seafaring soul.

If either your sails or your rudder be broken, you can but toss and drift, or else be held at a standstill in mid-seas.

For reason, ruling alone, is a force confining; and passion, unattended, is a flame that burns to its own destruction.

Therefore let your soul exalt your reason to the height of passion, that it may sing;

And let it direct your passion with reason, that your passion may live through its own daily resurrection, and like the phoenix rise above its own ashes.

I would have you consider your judgment and your appetite even as you would two loved guests in your house.

Surely you would not honour one guest above the other; for he who is more mindful of one loses the love and the faith of both.

Among the hills, when you sit in the cool shade of the

white poplars, sharing the peace and serenity of distant fields and meadows — then let your heart say in silence, "God rests in reason."

And when the storm comes, and the mighty wind shakes the forest, and thunder and lightning proclaim the majesty of the sky, — then let your heart say in awe, "God moves in passion."

And since you are a breath in God's sphere, and a leaf in God's forest, you too should rest in reason and move in passion.

16

On Pain

And a woman spoke, saying, Tell us of Pain.

And he said:

Your pain is the breaking of the shell that encloses your understanding.

Even as the stone of the fruit must break, that its heart may stand in the sun, so must you know pain.

And could you keep your heart in wonder at the daily miracles of your life, your pain would not seem less wondrous than your joy;

And you would accept the seasons of your heart, even as

you have always accepted the seasons that pass over your fields.

And you would watch with serenity through the winters of your grief.

Much of your pain is self-chosen.

It is the bitter potion by which the physician within you heals your sick self.

Therefore trust the physician, and drink his remedy in silence and tranquillity:

For his hand, though heavy and hard, is guided by the tender hand of the Unseen,

And the cup he brings, though it burn your lips, has been fashioned of the clay which the Potter has moistened with His own sacred tears.

17

On Self-Knowledge

And a man said, Speak to us of Self-Knowledge.

And he answered, saying:

Your hearts know in silence the secrets of the days and the nights.

But your ears thirst for the sound of your heart's knowledge.

You would know in words that which you have always known in thought.

You would touch with your fingers the naked body of your dreams.

And it is well you should.

The hidden well-spring of your soul must needs rise and run murmuring to the sea;

And the treasure of your infinite depths would be revealed to your eyes.

But let there be no scales to weigh your unknown treasure;

And seek not the depths of your knowledge with staff or sounding line.

For self is a sea boundless and measureless.

Say not, "I have found the truth," but rather, "I have found a truth."

Say not, "I have found the path of the soul." Say rather, "I have met the soul walking upon my path."

For the soul walks upon all paths.

The soul walks not upon a line, neither does it grow like a reed.

The soul unfolds itself, like a lotus of countless petals.

18

On Teaching

Then said a teacher, Speak to us of Teaching.

And he said:

"No man can reveal to you aught but that which already lies half asleep in the dawning of your knowledge.

The teacher who walks in the shadow of the temple, among his followers, gives not of his wisdom but rather of his faith and his lovingness.

If he is indeed wise he does not bid you enter the house of his wisdom, but rather leads you to the threshold of your own mind.

The astronomer may speak to you of his understanding of space, but he cannot give you his understanding.

The musician may sing to you of the rhythm which is in all space, but he cannot give you the ear which arrests the rhythm nor the voice that echoes it.

And he who is versed in the science of numbers can tell of the regions of weight and measure, but he cannot conduct you thither.

For the vision of one man lends not its wings to another man.

And even as each one of you stands alone in God's knowledge, so must each one of you be alone in his knowledge of God and in his understanding of the earth.

19

On Friendship

And a youth said, Speak to us of Friendship.

And he answered, saying:

Your friend is your needs answered.

He is your field which you sow with love and reap with thanksgiving.

And he is your board and your fireside.

For you come to him with your hunger, and you seek him for peace.

When your friend speaks his mind you fear not the "nay"

in your own mind, nor do you withhold the "ay."

And when he is silent your heart ceases not to listen to his heart;

For without words, in friendship, all thoughts, all desires, all expectations are born and shared, with joy that is unacclaimed.

When you part from your friend, you grieve not;

For that which you love most in him may be clearer in his absence, as the mountain to the climber is clearer from the plain.

And let there be no purpose in friendship save the deepening of the spirit.

For love that seeks aught but the disclosure of its own mystery is not love but a net cast forth: and only the unprofitable is caught.

And let your best be for your friend.

If he must know the ebb of your tide, let him know its flood also.

For what is your friend that you should seek him with hours to kill?

Seek him always with hours to live.

For it is his to fill your need, but not your emptiness.

And in the sweetness of friendship let there be laughter, and sharing of pleasures.

For in the dew of little things the heart finds its morning and is refreshed.

20

On Talking

And then a scholar said, Speak of Talking.

And he answered, saying:

You talk when you cease to be at peace with your thoughts;

And when you can no longer dwell in the solitude of your heart you live in your lips, and sound is a diversion and a pastime.

And in much of your talking, thinking is half murdered.

For thought is a bird of space, that in a cage of words may indeed unfold its wings but cannot fly.

There are those among you who seek the talkative through fear of being alone.

The silence of aloneness reveals to their eyes their naked selves and they would escape.

And there are those who talk, and without knowledge or forethought reveal a truth which they themselves do not understand.

And there are those who have the truth within them, but they tell it not in words.

In the bosom of such as these the spirit dwells in rhythmic silence.

When you meet your friend on the roadside or in the market place, let the spirit in you move your lips and direct your tongue.

Let the voice within your voice speak to the ear of his ear;

For his soul will keep the truth of your heart as the taste of the wine is remembered

When the colour is forgotten and the vessel is no more.

21

On Time

And an astronomer said, Master, what of Time?

And he answered:

You would measure time the measureless and the immeasurable.

You would adjust your conduct and even direct the course of your spirit according to hours and seasons.

Of time you would make a stream upon whose bank you would sit and watch its flowing.

Yet the timeless in you is aware of life's timelessness,

And knows that yesterday is but today's memory and tomorrow is today's dream.

And that which sings and contemplates in you is still dwelling within the bounds of that first moment which scattered the stars into space.

Who among you does not feel that his power to love is boundless?

And yet who does not feel that very love, though boundless, encompassed within the centre of his being, and moving not from love thought to love thought, nor from love deeds to other love deeds?

And is not time even as love is, undivided and spaceless?

But if in your thought you must measure time into seasons, let each season encircle all the other seasons,

And let today embrace the past with remembrance and the future with longing.

22

On Good and Evil

And one of the elders of the city said, Speak to us of Good and Evil.

And he answered:

Of the good in you I can speak, but not of the evil.

For what is evil but good tortured by its own hunger and thirst?

Verily when good is hungry it seeks food even in dark caves, and when it thirsts it drinks even of dead waters.

You are good when you are one with yourself.

Yet when you are not one with yourself you are not evil.

For a divided house is not a den of thieves; it is only a divided house.

And a ship without rudder may wander aimlessly among perilous isles yet sink not to the bottom.

You are good when you strive to give of yourself.

Yet you are not evil when you seek gain for yourself.

For when you strive for gain you are but a root that clings to the earth and sucks at her breast.

Surely the fruit cannot say to the root, "Be like me, ripe and full and ever giving of your abundance."

For to the fruit giving is a need, as receiving is a need to the root.

You are good when you are fully awake in your speech,

Yet you are not evil when you sleep while your tongue staggers without purpose.

And even stumbling speech may strengthen a weak tongue.

You are good when you walk to your goal firmly and with bold steps.

Yet you are not evil when you go thither limping.

Even those who limp go not backward.

But you who are strong and swift, see that you do not limp before the lame, deeming it kindness.

You are good in countless ways, and you are not evil when you are not good,

You are only loitering and sluggard.

Pity that the stags cannot teach swiftness to the turtles.

In your longing for your giant self lies your goodness: and that longing is in all of you.

But in some of you that longing is a torrent rushing with might to the sea, carrying the secrets of the hillsides and the songs of the forest.

And in others it is a flat stream that loses itself in angles and bends and lingers before it reaches the shore.

But let not him who longs much say to him who longs

little,

"Wherefore are you slow and halting?"

For the truly good ask not the naked, "Where is your garment?" nor the houseless, "What has befallen your house?"

23

On Prayer

Then a priestess said, Speak to us of Prayer.

And he answered, saying:

You pray in your distress and in your need; would that you might pray also in the fullness of your joy and in your days of abundance.

For what is prayer but the expansion of yourself into the living ether?

And if it is for your comfort to pour your darkness into space, it is also for your delight to pour forth the dawning of your heart.

And if you cannot but weep when your soul summons you to prayer, she should spur you again and yet again, though weeping, until you shall come laughing.

When you pray you rise to meet in the air those who are praying at that very hour, and whom save in prayer you may not meet.

Therefore let your visit to that temple invisible be for naught but ecstasy and sweet communion.

For if you should enter the temple for no other purpose than asking you shall not receive:

And if you should enter into it to humble yourself you shall not be lifted:

Or even if you should enter into it to beg for the good of others you shall not be heard.

It is enough that you enter the temple invisible.

I cannot teach you how to pray in words.

God listens not to your words save when He Himself utters them through your lips.

And I cannot teach you the prayer of the seas and the forests and the mountains.

But you who are born of the mountains and the forests and the seas can find their prayer in your heart,

And if you but listen in the stillness of the night you shall hear them saying in silence,

"Our God, who art our winged self, it is thy will in us that willeth.

It is thy desire in us that desireth.

It is thy urge in us that would turn our nights, which are thine, into days which are thine also.

We cannot ask thee for aught, for thou knowest our needs before they are born in us:

Thou art our need; and in giving us more of thyself thou givest us all."

24

On Pleasure

Then a hermit, who visited the city once a year, came forth and said, Speak to us of Pleasure.

And he answered, saying:

Pleasure is a freedom-song,

But it is not freedom.

It is the blossoming of your desires,

But it is not their fruit.

It is a depth calling unto a height,

But it is not the deep nor the high.

It is the caged taking wing,

But it is not space encompassed.

Ay, in very truth, pleasure is a freedom-song.

And I fain would have you sing it with fullness of heart;
yet I would not have you lose your hearts in the singing.

Some of your youth seek pleasure as if it were all, and
they are judged and rebuked.

I would not judge nor rebuke them. I would have them
seek.

For they shall find pleasure, but not her alone;

Seven are her sisters, and the least of them is more
beautiful than pleasure.

Have you not heard of the man who was digging in the
earth for roots and found a treasure?

And some of your elders remember pleasures with regret
like wrongs committed in drunkenness.

But regret is the beclouding of the mind and not its
chastisement.

They should remember their pleasures with gratitude, as
they would the harvest of a summer.

Yet if it comforts them to regret, let them be comforted.

And there are among you those who are neither young to seek nor old to remember;

And in their fear of seeking and remembering they shun all pleasures, lest they neglect the spirit or offend against it.

But even in their foregoing is their pleasure.

And thus they too find a treasure though they dig for roots with quivering hands.

But tell me, who is he that can offend the spirit?

Shall the nightingale offend the stillness of the night, or the firefly the stars?

And shall your flame or your smoke burden the wind?

Think you the spirit is a still pool which you can trouble with a staff?

Oftentimes in denying yourself pleasure you do but store the desire in the recesses of your being.

Who knows but that which seems omitted today, waits for tomorrow?

Even your body knows its heritage and its rightful need and will not be deceived.

And your body is the harp of your soul,

And it is yours to bring forth sweet music from it or confused sounds.

And now you ask in your heart, "How shall we distinguish that which is good in pleasure from that which is not good?"

Go to your fields and your gardens, and you shall learn that it is the pleasure of the bee to gather honey of the flower,

But it is also the pleasure of the flower to yield its honey to the bee.

For to the bee a flower is a fountain of life,

And to the flower a bee is a messenger of love,

And to both, bee and flower, the giving and the receiving of pleasure is a need and an ecstasy.

People of Orphalese, be in your pleasures like the flowers and the bees.

On Beauty

And a poet said, Speak to us of Beauty.

And he answered:

Where shall you seek beauty, and how shall you find her unless she herself be your way and your guide?

And how shall you speak of her except she be the weaver of your speech?

The aggrieved and the injured say, "Beauty is kind and gentle.

Like a young mother half-shy of her own glory she walks

among us."

And the passionate say, "Nay, beauty is a thing of might and dread.

Like the tempest she shakes the earth beneath us and the sky above us."

The tired and the weary say, "Beauty is of soft whisperings. She speaks in our spirit.

Her voice yields to our silences like a faint light that quivers in fear of the shadow."

But the restless say, "We have heard her shouting among the mountains,

And with her cries came the sound of hoofs, and the beating of wings and the roaring of lions."

At night the watchmen of the city say, "Beauty shall rise with the dawn from the east."

And at noontide the toilers and the wayfarers say, "We have seen her leaning over the earth from the windows of the sunset."

In winter say the snow-bound, "She shall come with the spring leaping upon the hills."

And in the summer heat the reapers say, "We have seen her dancing with the autumn leaves, and we saw a drift of snow in her hair."

All these things have you said of beauty,

Yet in truth you spoke not of her but of needs unsatisfied,

And beauty is not a need but an ecstasy.

It is not a mouth thirsting nor an empty hand stretched forth,

But rather a heart enflamed and a soul enchanted.

It is not the image you would see nor the song you would hear,

But rather an image you see though you close your eyes and a song you hear though you shut your ears.

It is not the sap within the furrowed bark, nor a wing attached to a claw,

But rather a garden for ever in bloom and a flock of angels for ever in flight.

People of Orphalese, beauty is life when life unveils her holy face.

But you are life and you are the veil.

Beauty is eternity gazing at itself in a mirror.

But you are eternity and you are the mirror.

26

On Religion

And an old priest said, Speak to us of Religion.

And he said:

Have I spoken this day of aught else?

Is not religion all deeds and all reflection,

And that which is neither deed nor reflection, but a wonder and a surprise ever springing in the soul, even while the hands hew the stone or tend the loom?

Who can separate his faith from his actions, or his belief from his occupations?

Who can spread his hours before him, saying, "This for

God and this for myself; This for my soul, and this other for my body?"

All your hours are wings that beat through space from self to self.

He who wears his morality but as his best garment were better naked.

The wind and the sun will tear no holes in his skin.

And he who defines his conduct by ethics imprisons his song-bird in a cage.

The freest song comes not through bars and wires.

And he to whom worshipping is a window, to open but also to shut, has not yet visited the house of his soul whose windows are from dawn to dawn.

Your daily life is your temple and your religion.

Whenever you enter into it take with you your all.

Take the plough and the forge and the mallet and the lute,

The things you have fashioned in necessity or for delight.

For in revery you cannot rise above your achievements

nor fall lower than your failures.

And take with you all men:

For in adoration you cannot fly higher than their hopes nor humble yourself lower than their despair.

And if you would know God be not therefore a solver of riddles.

Rather look about you and you shall see Him playing with your children.

And look into space; you shall see Him walking in the cloud, outstretching His arms in the lightning and descending in rain.

You shall see Him smiling in flowers, then rising and waving His hands in trees.

27

On Death

Then Almitra spoke, saying, We would ask now of Death. And he said:

You would know the secret of death.

But how shall you find it unless you seek it in the heart of life?

The owl whose night-bound eyes are blind unto the day cannot unveil the mystery of light.

If you would indeed behold the spirit of death, open your heart wide unto the body of life.

For life and death are one, even as the river and the sea

are one.

In the depth of your hopes and desires lies your silent knowledge of the beyond;

And like seeds dreaming beneath the snow your heart dreams of spring.

Trust the dreams, for in them is hidden the gate to eternity.

Your fear of death is but the trembling of the shepherd when he stands before the king whose hand is to be laid upon him in honour.

Is the shepherd not joyful beneath his trembling, that he shall wear the mark of the king?

Yet is he not more mindful of his trembling?

For what is it to die but to stand naked in the wind and to melt into the sun?

And what is it to cease breathing, but to free the breath from its restless tides, that it may rise and expand and seek God unencumbered?

Only when you drink from the river of silence shall you indeed sing.

And when you have reached the mountain top, then you shall begin to climb.

And when the earth shall claim your limbs, then shall you truly dance.

28

The Farewell

And now it was evening.

And Almitra the seeress said, Blessed be this day and this place and your spirit that has spoken.

And he answered, Was it I who spoke? Was I not also a listener?

Then he descended the steps of the Temple and all the people followed him. And he reached his ship and stood upon the deck.

And facing the people again, he raised his voice and said:

People of Orphalese, the wind bids me leave you.

Less hasty am I than the wind, yet I must go.

We wanderers, ever seeking the lonelier way, begin no day where we have ended another day; and no sunrise finds us where sunset left us.

Even while the earth sleeps we travel.

We are the seeds of the tenacious plant, and it is in our ripeness and our fullness of heart that we are given to the wind and are scattered.

Brief were my days among you, and briefer still the words I have spoken.

But should my voice fade in your ears, and my love vanish in your memory, then I will come again,

And with a richer heart and lips more yielding to the spirit will I speak.

Yea, I shall return with the tide,

And though death may hide me, and the greater silence enfold me, yet again will I seek your understanding.

And not in vain will I seek.

If aught I have said is truth, that truth shall reveal itself in a clearer voice, and in words more kin to your thoughts.

I go with the wind, people of Orphalese, but not down into emptiness; And if this day is not a fulfillment of your needs and my love, then let it be a promise till another day.

Man's needs change, but not his love, nor his desire that his love should satisfy his needs.

Know therefore, that from the greater silence I shall return.

The mist that drifts away at dawn, leaving but dew in the fields, shall rise and gather into a cloud and then fall down in rain.

And not unlike the mist have I been.

In the stillness of the night I have walked in your streets, and my spirit has entered your houses,

And your heart-beats were in my heart, and your breath was upon my face, and I knew you all.

Ay, I knew your joy and your pain, and in your sleep your dreams were my dreams.

And oftentimes I was among you a lake among the mountains.

I mirrored the summits in you and the bending slopes,

and even the passing flocks of your thoughts and your desires.

And to my silence came the laughter of your children in streams, and the longing of your youths in rivers.

And when they reached my depth the streams and the rivers ceased not yet to sing.

But sweeter still than laughter and greater than longing came to me.

It was the boundless in you;

The vast man in whom you are all but cells and sinews;

He in whose chant all your singing is but a soundless throbbing.

It is in the vast man that you are vast,

And in beholding him that I beheld you and loved you.

For what distances can love reach that are not in that vast sphere?

What visions, what expectations and what presumptions can outsoar that flight?

Like a giant oak tree covered with apple blossoms is the

vast man in you.

His might binds you to the earth, his fragrance lifts you into space, and in his durability you are deathless.

You have been told that, even like a chain, you are as weak as your weakest link.

This is but half the truth. You are also as strong as your strongest link.

To measure you by your smallest deed is to reckon the power of ocean by the frailty of its foam.

To judge you by your failures is to cast blame upon the seasons for their inconsistency.

Ay, you are like an ocean,

And though heavy-grounded ships await the tide upon your shores, yet, even like an ocean, you cannot hasten your tides.

And like the seasons you are also,

And though in your winter you deny your spring,

Yet spring, reposing within you, smiles in her drowsiness and is not offended.

Think not I say these things in order that you may say the one to the other, "He praised us well. He saw but the good in us."

I only speak to you in words of that which you yourselves know in thought.

And what is word knowledge but a shadow of wordless knowledge?

Your thoughts and my words are waves from a sealed memory that keeps records of our yesterdays,

And of the ancient days when the earth knew not us nor herself,

And of nights when earth was up-wrought with confusion.

Wise men have come to you to give you of their wisdom. I came to take of your wisdom:

And behold I have found that which is greater than wisdom.

It is a flame spirit in you ever gathering more of itself,

While you, heedless of its expansion, bewail the withering of your days.

It is life in quest of life in bodies that fear the grave.

There are no graves here.

These mountains and plains are a cradle and a stepping-stone.

Whenever you pass by the field where you have laid your ancestors look well thereupon, and you shall see yourselves and your children dancing hand in hand.

Verily you often make merry without knowing.

Others have come to you to whom for golden promises made unto your faith you have given but riches and power and glory.

Less than a promise have I given, and yet more generous have you been to me.

You have given me my deeper thirsting after life.

Surely there is no greater gift to a man than that which turns all his aims into parching lips and all life into a fountain.

And in this lies my honour and my reward, —

That whenever I come to the fountain to drink I find the

living water itself thirsty;

And it drinks me while I drink it.

Some of you have deemed me proud and over-shy to receive gifts.

Too proud indeed am I to receive wages, but not gifts.

And though I have eaten berries among the hills when you would have had me sit at your board,

And slept in the portico of the temple when you would gladly have sheltered me,

Yet was it not your loving mindfulness of my days and my nights that made food sweet to my mouth and girdled my sleep with visions?

For this I bless you most:

You give much and know not that you give at all.

Verily the kindness that gazes upon itself in a mirror turns to stone,

And a good deed that calls itself by tender names becomes the parent to a curse.

And some of you have called me aloof, and drunk with my own aloneness,

And you have said, "He holds council with the trees of the forest, but not with men.

He sits alone on hill-tops and looks down upon our city."

True it is that I have climbed the hills and walked in remote places.

How could I have seen you save from a great height or a great distance?

How can one be indeed near unless he be far?

And others among you called unto me, not in words, and they said,

"Stranger, stranger, lover of unreachable heights, why dwell you among the summits where eagles build their nests? Why seek you the unattainable?

What storms would you trap in your net,

And what vaporous birds do you hunt in the sky?

Come and be one of us.

Descend and appease your hunger with our bread and quench your thirst with our wine."

In the solitude of their souls they said these things;

But were their solitude deeper they would have known

that I sought but the secret of your joy and your pain,

And I hunted only your larger selves that walk the sky.

But the hunter was also the hunted;

For many of my arrows left my bow only to seek my own

breast.

And the flier was also the creeper;

For when my wings were spread in the sun their shadow

upon the earth was a turtle.

And I the believer was also the doubter;

For often have I put my finger in my own wound that

I might have the greater belief in you and the greater

knowledge of you.

And it is with this belief and this knowledge that I say,

You are not enclosed within your bodies, nor confined to

houses or fields.

That which is you dwells above the mountain and roves

with the wind.

It is not a thing that crawls into the sun for warmth or digs holes into darkness for safety,

But a thing free, a spirit that envelops the earth and moves in the ether.

If these be vague words, then seek not to clear them.

Vague and nebulous is the beginning of all things, but not their end,

And I fain would have you remember me as a beginning.

Life, and all that lives, is conceived in the mist and not in the crystal.

And who knows but a crystal is mist in decay?

This would I have you remember in remembering me:

That which seems most feeble and bewildered in you is the strongest and most determined.

Is it not your breath that has erected and hardened the structure of your bones?

And is it not a dream which none of you remember having dreamt, that builded your city and fashioned all there is in it?

Could you but see the tides of that breath you would cease to see all else,

And if you could hear the whispering of the dream you would hear no other sound.

But you do not see, nor do you hear, and it is well.

The veil that clouds your eyes shall be lifted by the hands that wove it,

And the clay that fills your ears shall be pierced by those fingers that kneaded it.

And you shall see.

And you shall hear.

Yet you shall not deplore having known blindness, nor regret having been deaf.

For in that day you shall know the hidden purposes in all things,

And you shall bless darkness as you would bless light.

After saying these things he looked about him, and he saw the pilot of his ship standing by the helm and gazing now at the full sails and now at the distance.

And he said:

Patient, over patient, is the captain of my ship.

The wind blows, and restless are the sails;

Even the rudder begs direction;

Yet quietly my captain awaits my silence.

And these my mariners, who have heard the choir of the greater sea, they too have heard me patiently.

Now they shall wait no longer.

I am ready.

The stream has reached the sea, and once more the great mother holds her son against her breast.

Fare you well, people of Orphalese.

This day has ended.

It is closing upon us even as the water-lily upon its own tomorrow.

What was given us here we shall keep,

And if it suffices not, then again must we come together and together stretch our hands unto the giver.

Forget not that I shall come back to you.

A little while, and my longing shall gather dust and foam for another body.

A little while, a moment of rest upon the wind, and another woman shall bear me.

Farewell to you and the youth I have spent with you.

It was but yesterday we met in a dream.

You have sung to me in my aloneness, and I of your longings have built a tower in the sky.

But now our sleep has fled and our dream is over, and it is no longer dawn.

The noontide is upon us and our half waking has turned to fuller day, and we must part.

If in the twilight of memory we should meet once more, we shall speak again together and you shall sing to me a deeper song.

And if our hands should meet in another dream we shall build another tower in the sky.

So saying he made a signal to the seamen, and straightway they weighed anchor and cast the ship loose from its moorings, and they moved eastward.

And a cry came from the people as from a single heart, and it rose into the dusk and was carried out over the sea like a great trumpeting.

Only Almitra was silent, gazing after the ship until it had vanished into the mist.

And when all the people were dispersed she still stood alone upon the sea-wall, remembering in her heart his saying,

"A little while, a moment of rest upon the wind, and another woman shall bear me."

작가 연보

1883년 레바논 북부 지방의 작은 마을에서 태어나다.

1895년 세무관리였던 아버지가 횡령 혐의로 감옥에 갇히고, 그로 인해
온 가족이 미국 보스턴으로 이주하다.

1898년 레바논으로 돌아가 3년을 머물다.
이 시기에《예언자》의 초고가 되는《좋은 세상을 위하여》의 집필을
시작하다.

1903년 어머니가 세상을 뜨다. 깊은 실의에 빠져 그림 그리기에 전념하다.

1905년 아랍어로 쓴 첫 번째 책《음악》이 출간되고 아랍어 권에서 이름을
알리게 되다.

1907년 시리아와 이집트에서 물의를 일으킨《반항의 정신》이 출간되다.

1908년 파리로 가서 미술을 공부하다.

1911년 뉴욕으로 거처를 옮겨《부러진 날개》를 출간하다.
이 책과 이후의 책들을 통해 아랍 문학에 산문시 장르를 처음으로
소개하다.

1918년 영어로 쓴 첫 번째 책《광인》이 출간되다.

1923년 초고를 쓴 지 20년 만에 그의 대표작《예언자》가 출간되다.

1926년 《모래와 물거품》이 출간되다.

1928년 《사람의 아들 예수》가 출간되어 미국 언론의 호평을 받다.

1931년 뉴욕에서 간경화와 결핵으로 세상을 뜨다.
이듬해 레바논의 마르 사르키스 수도원에 안치되다.

예언자

초판 1쇄 인쇄 2024년 4월 8일
초판 1쇄 발행 2024년 4월 15일

지은이 칼릴 지브란
옮긴이 김용준
펴낸이 이효원
편집인 음정미
마케팅 추미경, 석유정
디자인 문인순(표지), 이수정(본문)
펴낸곳 올리버
출판등록 제395-2022-000125호
주소 경기도 고양시 덕양구 삼송로 222, 101동 305호(삼송동, 현대헤리엇)
전화 070-8279-7311   **팩스** 02-6008-0834
전자우편 tcbook@naver.com

ISBN 979-11-93130-53-7 03840

＊값은 뒤표지에 있습니다.
＊잘못된 책은 구입하신 서점에서 바꾸어 드립니다.

＊ 도서출판 올리버는 탐나는책의 교양서 브랜드입니다.

올리버 세계교양전집 목록